Die Kälte

by

Thomas Bernhard

By arrangement through Meike Marx Literary Agency, Japan

Translated from German by Atsushi Imai

寒さ　――一つの隔離――

いずれの病も、心の病と呼ぶことができる

ノヴァーリス

肺にいわゆる影が見つかったとき、私の存在にもまた、影が落ちた。「グラーフェンホーフ」とは、恐ろしい名前だった。そこを絶対的に、ほかの誰にも干渉されずに支配していたのは、所長と、それを補佐する医師、さらにそれを補佐する医師であり、公立結核療養所というものの、私のような若者にとって凄まじい状況がそこにはあった。助けを求めていたのに、私がここで直面したのは絶望ばかりで、それは初めの瞬間、初めの数時間でもう明らかとなり、初めの数日が過ぎるとさらに、途方もないくらいに明瞭となった。患者たちの病状は改善することがなく、次第に悪化していったが、私の状態も例外ではなかった。私は、自分よりも前にここへ収容された人たちと同じ道を歩むのではないかと恐れた。慰める余地がないほど彼らが消沈しているのが分かったし、その様子には、ひたすら進む荒廃のほか、何も認めることができなかった。ミサが毎日行われている礼拝堂へ初めて行ったとき、通路の壁に貼られた十数枚の死亡告知を読んだ。この数週間で亡くなった人たちのことが簡潔に記されていたが、おそらくそれは、今の私と同じくついこのあいだまで、天井が高くて寒々としたこの廊下を歩いていた人たちだった。終戦直後の質の悪いガウンをはおり、履きつぶしたフェルトのスリッパーを履き、襟の汚れたパジャマ姿で、脇の下には体温計を挟み、列になってぞろぞろと患者たちは、いぶかしげに私を一瞥しながら、そばを通り過ぎて行った。彼らが向かったのは、母屋に連結して屋外に増築された朽ちかけた木造ベランダで、静臥室と呼ばれていた。標高二千メートルのホイカレック山に面した側には、壁がなかった。ホイカレック山は、数キロにもおよぶ長い影を四か月ものあいだ、療養所の下方、シュヴァルツァハ谷に投げ、その四か月間、谷では陽が昇らなかった。創造主はなんという忌まわしい、ゾッとする状況をここに案出したものか、と私は思った。人間的悲惨の何という嫌な形を。今、前を通り過ぎていく人たち、間違いなく人間社会から金輪際追放されたこの人たちは、情けなさそうに、いかにも気が進まないといった風に、神聖な誇りを傷つけられた人のように、手に持っていた褐色のガラス瓶を開け、その中に痰を吐いた。陰気ではあるが、厳《おごそ》かな様子で彼らは、施設の中ならどこにいても、恥じる風もなく、彼らだけが習得した実に巧みなやり方で、浸食された肺から痰を引き出しては、ガラス瓶に吐いたのだ。数十個の、何十個もの浸潤した肺から厳かに痰が吐き出される音と、フェノールが滲《にじ》むリノリウムの床をフェルトのスリッパーが滑っていく音が、廊下を満たしていた。それは、静臥室を目指して進むいわば典礼行列だった。これほど厳かな行列を見たのは、カトリック式埋葬のときくらいだ。行列に加わって歩く人それぞれが、聖体顕示台を掲げている。褐色の、ガラスの痰壺だ。最後の一人が静臥室に入り、錆びた柵付きベッドの長い列に全員が横になり、長い鼻、大きな耳、ひょろりとした腕、曲がった脚、鼻を突く腐ったにおいを放つ彼らの身体、病のため、つとに醜くなったその体を、灰色の、繊維がすり減った、かび臭くてちっとも温かくない、反吐《へど》が出そうなとしか言いようのない毛布に包むと、静けさが支配した。私はまだ、隅に立っていた。傍観者として、すべてをごくはっきりと観察しながら、自分がいることにはほとんど気づかれることのない片隅に。初めて見る不気味な光景、人間の尊厳の絶対的否定であり、嫌な気持ちにさせるばかりの、幾重にも醜く、仮借ない光景を眺めていた。だが、この瞬間に私はもう、そこに属していたのだ。私もまた、両手に痰壺を持ち、脇の下に体温計を挟んでいたのだから。私もまた、静臥室に向かうところだったのだから。愕然としながら、柵付きベッドの長い列の中に、自分のベッドを見つけた。それは、奥から三番目の、二人の寡黙な老人に挟まれたベッドだった。老人たちは死んだように何時間も寝ていたかと思うと、急に身を起こして自分のガラス瓶に痰を吐いた。患者は皆休みなく痰を吐いた。大抵の患者は大量に生産した。多くの人は一つだけでなく、複数の瓶をそばに置き、まるで痰の生産が、急いで片づけるべき課題ででもあるかのように、さらに生産性を高めようと、互いに励まし合っているように見えた。ここではまるで、連日コンクールが行われているようであった。夜までに、その日一番濃密で、一番大量の痰をガラス瓶に吐いた者が勝利するのだ。医者が真っ先に私に求めたのも、このコンクールにすぐ参加することだった。だが、いくら頑張っても、私には痰が作れなかった。何度も吐いてはみたが、痰壺は空だった。毎日、瓶の中に何か吐き出そうとしてはみるが、うまく行かなかった。無理に痰を吐こうとしたせいで、喉はすっかりやられ、しばらくするとひどい風邪をひいたときのように痛みだした。それでも、ごく少量の痰も出なかった。だが、医者からは痰を生産せよという至上命令が出てはいなかったか？　検査室は私の痰を待っていた。グラーフェンホーフ全体が、私の痰を待っているように思えた。それでも痰はできなかった。しまいに私は、痰を生産するのだという意志、その意志だけを抱いて、隣や、後ろ、前で行われている、痰を作るためのあらゆる方法を研究して、自分でもそれをやってみることで、痰を吐く技術を色々と試したが、喉の痛みが酷くなるばかりで、まるで胸郭全体が炎症を起こしたかのようだった。空の瓶を眺めながら、失敗するだけだという鬱屈した気持ちになり、次第に、吐こうとする絶対的意志、吐くのだというヒステリーに捉えられていった。周りの患者も、痰を作り出そうとする私の悪戦苦闘に気づかずにはいなかった。いや、彼らはみんな、痰の製造法を身につけようとする私の様子に、全神経を集中させているようだった。痰を吐こうとして私がヒステリックになればなるほど、他の患者が私を罰する視線は厳しくなった。彼らはその倦むことのない眼差しと、痰を吐き出す優れた技をなおも見せつけることで、私を罰した。部屋の端から端、隅から隅まですべての患者が、どうやって痰を吐くのか、どのように肺を刺激してそこから痰を引き出すのかを、私に見せつけた。まるでこの楽器を、もう何年も前から奏でているかのように。それは、時を経ることによって自由自在に操れるようになった楽器だ。彼らは、超絶的技巧で弦楽器でも奏でるかのように、肺で演奏していたのだ。ここでは私にチャンスはなかった。このオーケストラは、私が恥ずかしくなるほどお互いによく調和して、遥かな熟達の域に達していたから、そこに混じって演奏できるなどと考えるのは、馬鹿げていたのだ。私がどれだけ自分の肺をひっぱり、ひねってみたところで、彼らの意地悪そうな視線、陰険な猜疑心、失敗を嘲う声は、私にいつも自分のディレッタンティズムを、無能を、自分の未熟な技量を、悟らせるばかりだった。堂に入った達人たちは痰でいっぱいの瓶を三、四本もそばに置いていたけれど、私の瓶は空だった。絶望的な気持ちで私は何度も蓋を開け、がっかりしてまたそれを閉じた。だが、吐かねばならないのだ！　みんながそれを私に求めていた。結局私は、無理矢理長い激しい咳の発作を生み出して、その頻度をどんどん高めていった。しまいに、わざと咳の発作を起こすことにかけては熟練の域に達して、唾を吐いた。吐いたものの入った瓶を急いで検査室に持って行った。使いものにならなかった。三、四日もすると、ひどく肺を苛《いじ》めた結果、実際使いものになる痰を吐けるようになり、瓶をようやく半分まで満たすことができた。依然としてディレッタントではあったが、希望の兆《きざし》を生んだのだ。瓶の中身はなおも不審そうに、光にかざして眺められはしたが、受理された。肺病なんだから、痰を吐かねばならない！　しかし、陽性ではなかった。自分をここにいる一団の正式な仲間と感じることは許されなかった。蔑んだ視線に、ひどく傷ついた。みんなは伝染性、つまり陽性だというのに、自分だけ違う。その後も繰り返し、二日に一遍は痰の提出を求められ、それは私にとって既にルーチンと化していた。肺はこの苦行に慣れ、今や確実に痰を生産することができた。痰壺の瓶に、午前中半分、午後に残りの半分を満たす。検査技師たちは満足した。だが、いつも陰性。がっかりした様子に見えたのは、初めは医者だけだったけれど、しまいに私もがっかりした。何かがおかしかった！　他のみんなと同じでないといけないのではないか？　陽性でないと！　五週間後、なんとか達成。結果は陽性だった。一転して私は、共同体の正会員になったのだ。私の開放性肺結核は証明された。ほかの患者たちのあいだに満足感が広がり、私も満足だった。この状況がいかに倒錯したものか、まるで意識にのぼらなかった。満足感が人々の顔にあり、医者は胸をなでおろした。これで、適切な処置がとれる。もちろん手術ではなく薬物療法だ。ひょっとするとすぐに気胸かもしれない。それとも焼灼《しょうしゃく》術か。あらゆる可能性が考量された。私の状態に形成術は不要だった。つまり右胸の肋骨すべてを押し曲げ、片肺を全摘する手術を恐れる必要はなかった。まずは気胸だ、と思った。気胸で不充分なら、焼灼術が来る。焼灼術の次が形成術だ。肺病に関する私の知識は既に高いレベルに達していて、事情は知っていた。いつも気胸から始まる。実際、空気を充填してもらうため、何十人もの人が列を作っていた。見るからにそれはルーチンであった。ここにいるみんなが何度もチューブに繋がれ、針を刺されている。日常的光景だ。ストレプトマイシンの投与が始まる、と思った。陽性という私の検査結果は、本当に他の患者たちに満足感をもって受け止められた。彼らの望みどおりになったのだ。部外者はいてはならない。今や私も、彼らと一緒にいるのにふさわしい存在だった。位階は低かったが、それでもある意味、同列になったのだ。急に私は、彼らと同じように頬が窪み、鼻が長く、耳が大きい、お腹の膨らんだ人間になったのだ。私が属していたのは、体が浮腫《むく》んだグループではなく、痩せ細った患者のグループだった。肺病になると初めは痩せ、それから浮腫み、次にまた痩せ細る。この病は、痩せて、太り、最後に痩せ衰えるという具合に進むのだ。死を迎えるときには誰もが骨と皮ばかりになっている。既に私は、この施設の患者服をとても上手に着こなしていたし、廊下ではほかのみんなと同じようにフェルトのスリッパーを引きずり、そのうえ不意に、ひとりだろうがひとりでなかろうが、恥も遠慮もなく咳をまき散らして、少し前までは他人がしたら絶対許せないし嫌だと思っていただらしなく無遠慮で、ありえない沢山の行為を、今自分がしていることに気がついた。とにかくここにいるのだから、ここの共同体の一員になりたい、と思った。この共同体が、想像できる限りでもっとも忌むべき、もっとも恐怖させる共同体であったとしても。ほかの選択肢があっただろうか？　私がここに漂着したのは当然の帰結ではなかったか。私のこれまでの人生は、このグラーフェンホーフに向かって構築されていたのではなかったか。私もまた、戦争の犠牲者だった！　私は姿を消したのだ。私が行ってきたことはすべて、こうやって姿をくらますためだったのだ。ここで行われていたのは、まさに、死ぬことだけだった。私も例外ではなかったから、その準備をした。三、四週間前には奇跡だと思えたこと、彼らと同じになることに、成功した。だが、これでよかったのか？　この問いを押し殺して、死の共同体の中に居場所を作った。ここにいること以外、何もかも失くしてしまったのだから。ここを支配している義務のために自分を捨てるしか、選択肢がなかった。肺病患者であるという事実、そこから帰結されるあらゆる事柄のため、自分をすべて捨てるしか、なかった。後戻りはできない。寝室には私のベッドがあり、廊下には私のロッカーがあり、静臥室にも私のベッドがあって、食堂には私の席があった。過去の記憶を除けば、自分のものはほかに何もない。悩みを打ち明けられそうな朋輩を見つけたいと思って見回したが、少なくとも最初の数週間は、一人も見つからなかった。自然の展開に逆らっても何の意味もない。耐え抜くためには、ただここを支配する灰色を身につければよいのだ、自分を周りと同じ色に染めればよいのだ。新参者が来ると私は、疑り深い目でその人の身に起こることを眺めた。ちょうど、先輩たちが私の運命のなりゆきを観察していたのと同じように。犠牲者が持っている冷たい、良心の痛みを知らない、運命の優遇を誰にも許さない鋭い目つきで、一人の人間が、何の尊厳もない、もはや人間として意識されることのない生き物になって行く様子を眺めていた。今は僕が健康な人に感染させることができる、と思った。それはすべての肺病患者、もとよりすべての感染症患者に与えられた権力手段であって、これまで数週間、人の不幸を喜ぶ卑劣な眼差しで私を嫌な気持ちにさせ、追いかけ、苦しめてきた人たちの、あの権力手段であった。今や私は、咳の発作を爆発させ、一つの存在を破壊しようと考えることができるのだ！　私が考えていたことは、他の患者とまったく変わらないことではなかったか？　突然私は、健康なものすべてを憎んだ。憎しみは一瞬にして、グラーフェンホーフの外側すべてに向かった。世界のすべてに、自分の家族にすら向けられた。だが、この憎しみはまもなく枯渇した。憎しみの糧となるものが、ここにはなかったから。ここではみんなが病気で、生から切り離され、締め出され、注意は死のみに向けられ、死のみに集中していたのだ。五十年前なら誰もが躊躇なく、「死に魅入られた」と言ったことだろう。外の世界はつとに遠のき、もはや完全に知覚の外《ほか》だった。この建物の壁を通って聞こえてくる出来事は、ひどく色褪せ、ただ低級な嘘のようにしか響かなかった。影響力のない、散発的な情報でしかなかった。たとえ地球全体が爆発しても、痰壺が支配するこの場所では何の関心も呼ばないだろう。誰も彼もが痰の生産に、多くの苦しみを伴うと同時に熟練した呼気と吸気にのみ注意を集中し、日々の治療の不安、手術の不安、死の不安ばかりに気を取られていた。そして、どうやって医者たちと、とりわけ所長とつき合っていくか、ということばかりに。この点で、私にチャンスはなかった。ガリガリに痩せた商人見習で、顔はニキビだらけ、これっぽっちの声望もない、無名の十八歳。紹介状もなく、地区の社会保険事務所からここに行くよう指示されて、荷物一つを抱えてやって来たのだ。その荷物も、戦時中の古い紙製トランクで、最低の軽蔑にしか値しなかった。中に入っていたのは安っぽい、穿き古した米国製のズボン二着、洗いざらしの兵隊用シャツ二着、それに幾度も繕った靴下で、ボロボロのゴム靴を履いていた。持物のうちの逸品といえば、祖父から受け継いだ散歩用のジャケットで、忘れてならないのは、『魔笛』とハイドンの『天地創造』のピアノ用抜粋版スコアだったが、ほんの一瞥しただけで、私を一番みすぼらしい部屋に入れるのに充分だった。十二台のベッドが置かれた、北向きの一番大きな部屋だ。そこに入れられていたのは、今も被抑圧者と呼ばれている人たち、日雇い労働者や見習いたち。とはいえ、法学博士と呼ばれる人もここで寝起きしていたが、零落者と見なされていた。時をかけてようやく、私はこの人の存在を理解するようになった。誰もが廊下に自分のロッカーを持っていたが、廊下の端には、八十人ほどの男たちのためにトイレが二つ、洗面室が一つしかなかった。朝の雑踏は想像に難くない。この八十人がほとんど同時にトイレと洗面室に押し寄せると、カオスとなったが、それでも毎日繰り返されれば、人はこの種の事柄に驚くほど早く慣れるもので、三、四日もするとこのメカニズムは習慣となっていた。他の選択肢はない。人は状況に順応し、周囲と同じことをするものだ。一人だけ目立つことはもはやない。個人主義者は発見され、抹殺される。豚が水桶に群がるように、患者たちは洗面室の水道に殺到した。強い者は単に弱い者を押しのけた。水道は毎朝、同じ人々によって占領された。洗面室への執着心の強い人たちが、人を足蹴にしたり、体の弱い部分を叩いたりすることで、瞬時に道を開いたのだ。肺病病みは必要なら不気味なほどの力を発揮する。死の不安が彼らを強くし、無遠慮な振舞いが原則となる。社会から締め出された死の候補者には、失うものなどないのだから。彼らは体を綺麗にしたいというより、さっぱりしたいと思っていたのだ。洗面室には週に一度しか入らないという患者が多くいたし、さらに稀だという患者も多かった。もちろん、診察の前には洗面室に行った。体を清潔にしてから診察室に入ることになっていたから。とはいえ、ほかのあらゆる概念と同じく、清潔さとは相対的なものだ。敏感な人には、部屋部屋と療養所全体に漂っているにおいは耐え難いものだったが、ここを支配している灰色にはよく似合っていた。それだけにまた、雪のように白い仕事着を着た医者が登場すると、その挙動は目を引いた。回診は九時だった。三人の医者が静臥室の入口に姿を見せるやいなや、さっきまで頭を起こしていた患者は反射的に頭を沈め、横たわっている人々の列は動かなくなった。所長はベッドからベッドへと歩きながら、両手を腰にあてた姿勢で治療法を指示し、薬を処方した。ときおり前屈みになって患者の胸を叩いた。体温計を一瞥すると、よく、谷底まで響くほどの大きな笑い声をあげた。同僚の医者とはボソボソ話すだけだった。六十を遥かに越えており、ずんぐり太った体つきで、動作は厳格な軍隊調だった。患者を、ひどい扱いをして構わない下級兵士と同等に見ていた。もう戦時中からここの所長をしていて、国家社会主義者《ナチ》であったにもかかわらず、戦争が終わったとき追放されなかった。代わりがいなかったからだろう。この男には何も期待できない、と最初の瞬間私は考えたが、その第一印象の正しさは次第に証明されていった。結局、数年に渡って私はこの愚昧な、言葉のもっとも真の意味で低級な人間に引き渡されていたのだ。彼を補助する二人の医者は無条件に服従していた。これ以上よい子分を望むことはできまい。療養所を刑務所と見なし、刑務所としてこれを運営していたこの陰険な男の命令に、助手であり補佐役であった二人は、ただ言いなりになっていたのだ。私はこの人間を信用しなかった。もちろん、ここに来て最初の数週間は、まだ彼の医学的技量を判断できる状況になかったし、まして正しい評価などできっこなかったけれど、しばらくするともう、所長の性格と医学的技量の評価ははっきりした。とはいえ、それはこの報告を進めていくうちに自然と分かってくることだ。当初から私は所長と話をしようとしてみたが、実際絶望的な私のこの試みを、医師であり管理者でもある彼はことごとく、芽のうちに摘みとってしまい、痰を吐くよう要求するばかりで、何週間経っても私がまったく痰を提供できないことに腹を立てていた。彼は自分の職業を間違え、そのうえ人生の境遇によって荒涼とした、冷たい、人を呆けさせる地域に赴任させられた不幸な人であり、この地で彼の本性は腐り、当然、最後には破壊されざるをえなかったのだ。ここにいる医者たちも、以前私が出会った医者たちと同様に不気味だった。彼らに対して私は根深い不信感を持っていたが、それは正しかったと思う。私は、感覚を最大限鋭敏にし、絶対的注意力を働かせて彼らに関係することすべてを追いかけたから、彼らが私の目を免れることはあり得ず、彼らは逃げられなかった。ここで私が医者という職業の原始的タイプに接していることは初めから明らかで、私は、じっと待っていなければならなかった。眼前の三人の医者には、医者に求められるべきもののほぼすべてが欠けていた。期待できるものが何もなかったばかりではない、この人たちには常に用心しなければならない、と思った。もちろん、彼らがこれまでどれほどのことをしでかしたかは知らなかったが、注視し続けようと、最高度に注意して最大限に用心しよう、と自分に言いきかせた。まだ若かったけれど、私は既に懐疑家としての修業を積んでおり、何に対してもいつも、最悪のことを覚悟していたのだ。これは、今でも自分の最高の徳だと思っている。患者はただ自分のみを頼りにしなければならない、それは分かっていた。外から期待できることは、ほぼない。患者はとりわけ、抗うことができるようにならねばならない、阻止すること、無効にすることができなければ。私の専属哲学者だった祖父が、私の中にその基礎を作ってくれていた。私は不信感を抱き、そして健康になった、と言うことができる。だが、そこまでは長い道のりだった。患者は、医者に抗って、自分の疾患を自分の手で引き受けねばならぬ、とりわけ自分の頭で引き受けねば。それを私は経験した。私はまだ、それを知らなかったが、それでも、この意味に即して動いた。私は自分を信頼し、ほかの何も信頼しなかった。医者への不信が募れば募るほど、自分への信頼が大きくなった。重篤な病、つまり死の病に打ち勝つこと、この重い、死の病から抜け出すことを望むなら、ほかに方法はなかった。しかし私はこの数週間、そもそもそれを望んでいたのだろうか？　私はグラーフェンホーフで死の同盟に加わってはいなかったか？　その一番深いところへ、すっかり転落したのではなかったか？　次のように主張しても、的外れではあるまい。この数週間、私は自分のこの絶望と、世間一般に広がる絶望とを、好ましく感じていた、いやひょっとするとそれに惚れ込み、うっとりとしていたのだ、と。私はこの状態を受け入れただけでなく、世界中にいるほかの何億もの人たちと同様に、この時代ゆえの当然の帰結として、百パーセント絶望にしがみつき、恐怖にしがみついていたのだ。戦後の絶望、戦後の恐怖にしがみついていたのだ。今や解体が、終末が近づいている、手が届くほどまで迫っているという前提のもと、数十万、数百万の人々と同じく、自分がごく自然にこれを覚悟しており、今振り返って分かるのだが、確保されていいるように感じていた。戦争によって、あるいは戦後まもないころ戦争の影響によって何百万の人が死んだというのに、どうしてよりによって自分には免れる権利があるというのか。私はいわゆる幸運に恵まれて、逃げ切ったと思っていた。だが、今や私を捉えたのだ、私が隠れていた場所、私たちが隠れていた場所で、追いつき、見つけ出し、呑み込んだのだ、人生の終末が。この事実を私は受け入れ、それに即して行動した。私は突然、抵抗をやめた、もう逆らわなかった。私は、新たな不幸を欺こうとは考えなかった。びっくりするほど明白な論理に従って、順応し、諦め、服従した。人々が、彼らに運命づけられた戦争という凄惨な出来事の帰結として、死なねばならない、諦めねばならない、終わりにしなければならないこの場に、私は属しているのであって、反抗の場、抵抗の場に属しているのではない、と考えるほかなかった。死んでいく人々、去り行く人々の社会に私は属している。私は、突然少しも不条理に思えなくなったこの考えに没入し、次の結論に達した。ここにいよう！　ほかのどこに行くというのだ？　そして死滅と地獄の時間論理に従った。私は人間の悲惨を受け入れ、それを何によっても、また誰によってももう取り上げられたくなかった。私はグラーフェンホーフに対する嫌悪と憎しみ、グラーフェンホーフを支配する状況への嫌悪と憎しみをぬぐい捨て、病気と死に対する、不公正だと呼ばれるものに対する憎しみを捨てた。今、私が憎んだのは、ここではなかった。私が憎んだのは、あちら側、向こう側、外のもの、異なるもののすべてだった。だが、憎しみはまもなく尽きるほかなかった。憎んでも甲斐がなかったから。不条理な憎悪は突如不可能となった。社会と自然そのものとが合意して作った法に基づき、私の前に立ちはだかったものは、少しの誤解の余地もなく、あまりに公正だった。どうして、よりによって自分が例外だなんて考えてよいものか。歴史の中でもっとも意味のない、もっとも余計な、もっとも価値の低い自分が。なぜ、逃げられるなんて信じてよいものか。一瞬でもそれを要求してよいものか。何百万もの人たちが、到底逃げられなかったというのに。僕は今、地獄を通ってまっすぐ死へと通ずる道を歩まねばならない、と思った。私はこの考えと折り合いをつけた。これまでずっと抗ってきたが、今はもう抵抗しなかった。私は服従した。何が私に起こったのだろう？　このときの私は一つの論理に捉えられ、それが自分にとってただ一つの正しい論理だと信じて、それを生きねばならなかったのだ。ところが、私はまもなく、この論理をまたもや反対の論理と取り換えた。一転してまた、すべてを百パーセント反対の方向から見た。あらゆる点で私の立場は変わった。私はグラーフェンホーフと、ここを支配する法に対し、逃れられない定めに対し、前よりも激しく逆らった！　私は自分の立場をまたもや、これ以上ないほど極端に変えた。今やまた、百パーセント生きていた、何としてもまた百パーセント生きること、百パーセント存在することを欲した。私は十二時間前の自分をもう理解できなかった。今の自分の考え、今の自分の立場と逆のことを考えていた自分が理解できなかった。どうして僕は諦めようなどと、従おうなどと、死神に身を捧げようなどと考えたのか？　またもや完全に間違った結論を出してしまった、でも、と私は思った、僕はただ自分の意のままに行動しただけなのだ、これが自分の本質だったし、それは今も変わっておらず、これからも変わらないだろう、と思った。急にまた、自分の周囲に見えているもの、眺めているもの、以前よりも鋭く観察しているものが、おどろおどろしい、嫌な姿となって見えた。僕はこの人たちの仲間じゃない、とにかくこの人たちとは違うのだ、こんなのは僕の状態じゃない、これはとにかく、僕の状態であってはならないのだ。突然、この数日間に考えたこと、その考えをもとにして企てたことのすべてが、お笑い種《ぐさ》で、馬鹿馬鹿しい、間違ったものとなった。どうして僕は、自分がここにふさわしいなどと信じることができたのだろう？　この場所、腐敗と絶対的絶望が心を絞め殺し、脳を抹殺してしまうこの場所に、自分がふさわしいなどと。おそらく、逆らったり反対したりするより、ただ妥協するほうが楽だったからだ。真実とは、それほど単純なものだ。我々は、そのほうが快適だから、しばしば妥協して、諦めてしまう。人生を、全存在を捨ててしまう。今までの人生が実際どれほど価値あるものであったか、もしかするとまた同じくらい価値あるものになるかもしれないのに、それを知るよしもなく、諦めるのだ。とはいえ、最後には無意味と絶対的無価値が勝利するのだから、考えあぐねても意味がない、それは分かっていたのだけれど。一つ一つは無であるとしても、すべてはすべてなのだ。私は安穏さを選んだ。結果を恐れずとにかく戦うこと、抵抗することの代わりに、卑怯にも、順応して諦めることのほうを選んだ。安楽さを求め、臆病心から、様々な理由で死んでいったあの数百万の人々を引き合いに出して、なんとも厚かましいことに、先の戦争の犠牲者たちまで安易な思考に濫用して、自分の最期、死、滅亡を、彼らの死にも比肩すると考えてはばからなかった。私は、彼らの死に自分も繋がろうと望むことで、数百万の人々の死を濫用した。私はこの思考をさらに深く推し進めて、この思考、つまり私の狂気と没趣味の極限にまで達することができただろうが、そこまではしなかった。私の見方は悲壮ぶったものに過ぎなかったし、私の苦しみは芝居がかったものであった。しかし今、もう恥じることはなかったのだ。そんなことをしている時間はなかった。感傷を排して、明瞭な頭で考えたいと思ったし、それには全力を傾注する必要があった。本当のことを言えば、この同じ日に私は検査室に呼ばれ、次のことを告げられたのだ。三、四日前の、結核結節が検出された痰は、そもそも君の痰ではなかった、取り違えがあったのだ、こんなことはこの検査室でこれまで一度もなかった、気がつかなかったのだ、と。私の痰には、これまで同様、結核結節は含まれないというのだ。事実、この話を聞かされたあと続けざまに二、三度、私の痰が検査されたが、いずれも陰性だった。つまり、やっぱり私は陽性ではなかったのだ。今や私は、まるで自分がこうしたことを成し遂げたかのように振舞った。もともと疑り深い人間だった私は、この事実を大袈裟に受け止めることはせず、さらに二、三度続けて痰を分析してもらいたいと、今度は自分のほうから検査室に要求したが、結果は変わらなかった。検査技師の手違いだったのだ。こうして私は、戦いを始めるための前提を得た。陽性ではなかったけれど、私の肺には影があり、この影を駆逐するため、ストレプトマイシンが注射されたのだが、高価過ぎるという理由で、残念ながらあまりにも少ない量だった。この高価な薬が各患者に配分された量はわずかなもので、あとで知ったのだが、それくらいでは効果も意味もない筈なのだ。さらに多くのストレプトマイシンを注射してもらえたのは、スイスやアメリカから自分でこの薬を取り寄せることができた患者、あるいは医者からそれなりに大事にされている患者で、もちろんその筆頭は、すべての権力を持つ第一医師、つまり所長にひいきにされている患者だけだった。私は、自分に投与されているストレプトマイシンが馬鹿馬鹿しいくらいの、あまりに少ない量で、ほとんど無に等しいということを知ったあと、療養所を支配する三人の医師に思い切って直訴した。が、すぐ撥ね付けられた。彼らは、私の振舞いを前代未聞だと言い、もっとストレプトマイシンを投与して欲しいという私の望みを、恥知らずな要求だと決めつけて、君は何にも分かっていない、我々はすべてを把握している、と言った。しかし、病は自分の存在に直接かかわるものであったから、このころの私は、肺病治療についてまったくの無知ではなかったし、私の病の治療にはもっと多くのストレプトマイシンが必要だということは、よく分かっていた。しかし、それが私に与えられることはなかった。私は社会的に見てゼロだったから。ほかの人たちは必要なものを与えてもらった。声望があり、推薦してくれる人がいて、重要だと受け止めてもらえる職業があった。ストレプトマイシンは必要性に応じてではなく、考えられるなかでももっとも卑劣な基準によって分配されたのだ。私だけが後回しにされたのではない。患者の半分は優遇されたグループ、あとの半分は後回しにされたグループで、私は完全に後者のほうだった。ある種の前提のもと、相応の手段を使って、他方の、優遇されたグループに昇格しようなどと、もちろん考えなかった。そんなことをする卑劣な知恵はない、いや、私はそもそもそんな卑劣漢ではなかったし、そんな気持ちにはなれなかった。だが、今の私は、目的のための低級な手段など使わなくとも、戦って抜け出すことを考えていたのだ。この地獄、この地獄の出先機関から抜け出すことを。療養所とその内部を、そんな風に考えずにはいられなかった。医者たち、彼らの性格的欠陥、いや、この間に私が知った彼らの卑劣さや低級さ、同じ様にまた患者たちの性格的欠陥、低級さ、卑劣さは、私の耳を鋭敏にしたし、理性はそこから得るものがあり、修道女《シスター》でもあった聖十字看護婦たちを観察することも、私を修練した。私は、自分のことを考えるよりもむしろ、周りで、ごく身近なところで起こることに目を向けるようになり、それらを徹底的に研究し始めた。自分が事実もう、陽性ではないということ、すぐ死神に引き渡されるわけではないことが分かったあと、この研究を始めることができたのだ。ここにいるのは実際どんな人々だろう。どんな壁の中に、どういう事情の中に彼らは存在しているのだろう、これらのことはすべて、どんな風に関連し合っているのだろう、と心の中で問い、仕事に取りかかった。私は、間近でやや大きな共同体を見るのは初めてではなかったし、大勢の人間とはどんなものか、寄宿舎や病院にいたときの経験から知っていて、人々のにおい、立てる音、彼らの意図、目標を知っていた。これまでとの違いは、ここにいた人々だった。彼らは本当に追放され、締め出され、権利を剝奪され、責任能力を否定された人々なのだ。どんな格言もここでは賛同を得られず、世界を動かすどんなスローガンも歓迎されない。ここでは数百の人々がそのしみったれた寝巻に包まり、寝巻の中に逃げ込み、おそらくそれほど遠くはないどこかの時点でこの寝巻を、死装束に替える。麓にあるシュヴァルツァハの町の、抜け目のない葬儀屋が用意した死装束に。いいや、僕はもう彼らの仲間ではない。間違いが間違いだと判明し、私は観察者の位置に戻った。ここから遺体運搬車で搬出されてどこかへ運んで行かれた人たちは、私とは別の層に属していたのであり、私とは何の関係もなかった。病に襲われたのは彼らであり、私ではなかった、死神に魅入られたのは彼らであって、私ではなかったのだ。一転して私は、ここから退去する権利があると思った。私はここで、よく分からない役を演じていた。ほとんど注意を引くことがない役を。だが、この劇の中で私が彼らのように終わることはないのだ。ほとんどの人は、戦争によってここへ、苦悶の岩場と呼ばれるこの場所へ漂着していた。残酷な出来事によって岩礁へ投げつけられ、最後の数週間、最後の数か月をここで生きながらえていた。彼らはどこから来たのだろう？　どんな環境の中から出て来たのだろう？　彼らの由来を突き止めるには時間がかかった。凋落したウィーンの街区。モーツァルトの町と呼ばれる町の、病気があっという間に死病へと発展しかねない、陰気な、冷たい、湿っぽい路地。貧しい人々が、絶えず用心していないと成人する前に腐ってしまう、田舎の小さな町や村。肺病の流行は、戦争が終わったあと、新たなピークを迎えていた。何年も続く飢え、何年にもおよぶ絶望が、こうした人たちをみんな、問答無用に肺病へ、病院へ、最後にはグラーフェンホーフへと運び込んだのだ。彼らはあらゆる社会層の、あらゆる職業の人々だった。男も、女も。ひとたび肺病病みのグループに入れられたら、すぐにここへ追放された。療養所とは、隔離拘置所だ。いわゆる健康な世界は、肺病という言葉、結核、いわんや開放性肺結核という概念に対して、パニックに近い恐怖心を抱いていたし、今でもそれは変わらない。これ以上ひどく恐れられたものはなかった。実際、自分が肺病だということ、陽性だということが何を意味するのか、私はそれをまもなく、身をもって知ることになった。肺病という診断は、それを真に受けるにせよ信じないにせよ、いずれにしろ恐ろしいことで、人間の品位に値しないことだった。グラーフェンホーフに来る前、グラーフェンホーフに行かねばならないことを知った瞬間から、私はこれを口にしたり、誰かに話したりする気にはなれなかったし、グラーフェンホーフに行くなどと言ったら、向こうにいたころ、つまりザルツブルクの町にいたころから、既に終わった人間と見做《みな》されたことだろう。「グラーフェンホーフ」とは何なのか、私の家族は知っていたのだろうか。彼らがこの問いを口にすることはなかった。そんな時間などなかったのだ。みんなの注意は母の病に、既に致死的であることが分かっていた母の病に向けられていたのだから。ごく幼いころから私は、「グラーフェンホーフ」が恐ろしい名前であることを知っていた。それがなぜなのか、自分でもきちんと分かっていたわけではないけれど。グラーフェンホーフに行くことは、シュタイン、ズーベン、ガルステンといった有名な刑務所に入るより、よほどひどいことだった。肺病病みとつきあってはならない、肺病病みは避けて通れ、自分が感染したら、黙っておくことだ。肺病に罹《かか》ったら家でも孤立するばかりか、追い出されてしまう。私の家族もそうだった。とはいえ家族は、私の肺病にのみ全神経を集中しているわけにはいかなかった。この時点で既に、極めて危険な、極めて痛々しい、極めて凄まじい段階にあった母の子宮癌が、当然、私の病以上に家族を煩わせていたから。母は、何か月も前から床に就いたまま、ひどい痛みに耐えており、一時間ごと、いや、それより短い間隔で打たれたモルヒネも、痛みを止められないどころか和らげることすらできなかった。僕はグラーフェンホーフに行くよ、と私は母に言ったが、それがどういうことなのか、母は多分理解できていなかった。母は、私が別れを告げたときには、自分がまもなく死ぬことを知っていた。それが半年後なのか、一年後なのかははっきりしなかった。すっかり痩せ衰え、骨と皮ばかりになったときにも、心臓は丈夫に動いていた。あらゆる病のうちもっとも恐ろしいものであるこの病も、母の悟性を曇らすことはなく、最期まで意識ははっきりとしていた。みんな、母の状態をこれ以上見ていられない、これ以上耐えられない、と感じたから、最期が早く来ることを待ち望んでいたのだけれど、まだしばらくは、待たねばならなかった。グラーフェンホーフというこの新しい不確実性の中に入っていくため、母に別れを告げたとき、私は自分の作った詩を、二、三、朗読して聞かせた。母は泣いた、私たちは二人とも泣いた。私は母を抱擁し、荷物をまとめ、家を出た。母に再会することはあるだろうか？　母は、私の詩を聴かねばならなかった、自分の作った詩はよいできだと信じていたから、私は無理矢理母に聴かせたのだ。これらの詩のほか自分にはもう何もないと思っている、絶望した十八歳の若者の作物だった。この時代に私はもう、書くことに逃げ込んでいたのだ。私は書いた、書きまくった。幾百だったか、もっと多くだったかは覚えていない。だが、詩を書いているときだけ、私は存在していた。詩人であった祖父は死んだ。今、私が書いてよかったのだ。今、私が詩を作ることができたのだ。今、私がそれを試みた。今、目的のためのこの手段が与えられたのは私であり、この手段の中へと私は、全力で跳び込んだ。私は全世界を濫用した、詩に取り込むことによって。たとえこれらの詩が無価値であったとしても、私にとってはこれがすべてだった。これ以上意味あるものはこの世になかった。何もなかったのだ、私には。ただ、詩を書くことしかできなかった。だから、別れを告げるとき、母に詩を暗誦して聴かせたのはごく自然なことだった。病院に母を預けたらどんなことになるか分かっていたから、私たちは母を自宅に寝かせていた。母と私は、もう言葉を発する力もなく、泣いて、互いにこめかみを押しつけ合うだけだった。陰鬱なザルツァハ溪谷を通ってグラーフェンホーフへと向かう行程は、生涯でもっとも胸の塞ぐ旅となった。荷物に入れた紙束には最近作った詩が書きつけてあった。まもなく僕には、この紙束以外、大切なもの、しがみつくことのできるものが、この世に何もなくなってしまう、と思った。結核！　グラーフェンホーフ！　そして母は医者に見捨てられ、救いようのない状態にあった。母の夫、つまり私の後見人と祖母は、祖父が死んでまもないこの時期に、またしても試練に立たされていた。そして私は、朝の列車に乗り、あの恐ろしい名前、グ、、、、、、ラーフェンホーフへと向かったのだ！　そこへの道順を尋ねるとき、勇気がなくて、半分しか声にできなかった。療養所の周囲二百メートルまで来ると、至るところに看板があって、「止まれ。施設あり。立入禁止！」とあった。健康な人でこの警告をあえて無視する人はなかった。療養所の敷地に入ると、「止まれ！　通過禁止！」の文言に変わった。私は、一つの絶望から別の絶望の中へ入って行ったのだ。私が出発した場所には既に、ひどく厳《いか》めしい姿をした死神が支配しており、私が到着した場所もまったく同じだった。今ではもう、当時のこの状態を分かってもらうことは難しいし、そもそも、それを仄《ほの》めかしても最大級の抵抗に遭う。私の精神状態はもはや再現できないし、当時の感情のありさまを確認することはもはや不可能だ。それに私は、不可欠なこと以上には踏み込まないよう用心している。際限なく真実へ、いや、これに関連する事柄の一つでも、真実に向かって際限なく進んでいくのは、辛くて耐え切れないから。とはいえ、グラーフェンホーフに来たことで地獄に踏み入ったのだというのに、初めのうち私は、地獄を抜け出した、地獄から逃げてきたと感じていた。恐慌の中からやって来た、耐えられない状況を後にしてきたのだ、と。いちどに、静かな秩序に包み込まれた。神が欲した混乱《カオス》とはいえ、非人間的な混乱《カオス》から逃げて来たのだと思い、後ろめたくすら感じた。家族のみんなを、死病に取りつかれた母と一緒に置いてきたのだから。これ以上ない悲惨、この上なく恐ろしい状態の中に置き去りにして来たのだから。そして、きちんと世話をしてもらえるこの場所に自分ひとり来たことを、恥ずかしく思った。救いようのない、ほぼ完全に破壊された家庭の混乱《カオス》から、賄いつきの環境へ来たのだ。ここでは一転して、ぴったり定刻どおりに食事が提供され、何より静かな環境に置かれて、実に久しぶりにぐっすりと眠ることができたが、それは家ではもう何週間も前から不可能なことであった。家にいると誰一人眠ることができず、何もかもが、死病に罹った母のことばかりで、母に間断なく医学的処置を施さねばならなかった。母の夫、つまり私の後見人と祖母は、まさに文字どおりの自己犠牲をささげ、完全に自らを擲《なげう》って、普通なら病院でしかやり遂げられないことを、すべて引き受けていた。たとえば、何か月ものあいだ、いや、結局一年をはるかに越える期間、昼も夜も、一時間ごとに注射をし、そのほか、実際に自分がした人か、自分の目で見た人にしか分からない、理解できない、気づくことのない、すべてを行った。一度もそうした状況に置かれたことのない人たちは、気安く論評する。そうした人たちは、苦しみというものを何も知らないのだ。私が一番に愛していた人、祖父を失ってから、まだ大した時間は経っていなかったが、半年後にはもう、祖父の次に近しい人、母を失うことが確実になったのだ。このことを意識しながら、私は、グラーフェンホーフに向かう列車に乗った。持っていた紙製トランクは、戦争中、農家からじゃがいもをもらって、母と二人でそれを家まで運ぶのに使った、同じトランクだった。「お前は療養に行くのよね」、と母は言った。「しっかり療養して来なさい」。私の耳には、繰り返しこの言葉が聞こえる、今も、当時と同じように聞こえるのだ。優しさが籠められてはいたけれど、私を打ちのめす言葉だった！　戦争が終わったとき私たちは、やれやれ助かった、と思った。もう安心だ、と。一九四五年を生き延びたことは私たちを幸せな気持ちにした。一番のひどい目には遭わずに済んだのだ。ほかの人たちと同様、恐ろしいことを沢山味わいはしたが、別の大きな、もっと大きな、最大の恐ろしい出来事には遭わずに済んだ。多くのことに耐えねばならなかったが、本当に耐えがたい目に遭うことはなく、多くの辛酸を舐めねばならなかったが、一番の酷い体験はせずに済んだ。ところが、戦争が終わって二、三年を経た今になって、やっぱり助かったわけではないことを、私たちは悟った。今、その打撃が襲ってきた。私たちを追いかけてきて、つかまえた。突然、ひといきに、報復するかのように。生き延びることは許されなかったのだ、私たちも！　私は、母が寝ていた死の部屋をあとにし、死の家に入るため、グラーフェンホーフへと向かった。死神が居座り、ずっと出ていくことのない建物に入るために。ここにあるのは死の部屋ばかりだった。一人残らずみんなが死の候補生、というわけではなかったが、多くの死の候補生、沢山の死者がいた。もちろん私にとって、ここにいる死の候補生や死者たちは、母ほどに近しい存在ではなかった。私はこれらの死の部屋を眺め、観察したが、衝撃を受けることはなく、ここで目撃することになった死者たちと同じく、それらの光景には私を破壊する力はなかった。グラーフェンホーフに着いた初めの瞬間から、私にとってそこは少しも驚愕の場所ではなく、むしろ、気持ちを休めてくれるところだった。だが、安らぎだと思ったのは錯覚だった。私は一日か二日、息をつこうとした。そのあと、自分の誤りを悟った。人生とは、刑の執行にほかならぬ、と自分に言い聞かせた。お前は刑の執行に耐えねばならぬ、生涯のあいだ、ずっと。世界とは、ほんのわずかな行動の自由しかない刑務所だ。希望は錯覚であることが明らかとなる。釈放されると同時に、また同じ刑務所に入るのだ。お前は受刑者にほかならぬ。違う、と説く者がいるとしたら、聞け、そして沈黙するのだ。考えてみよ、生まれたときにお前は終身刑を言い渡されたのであり、これに罪があるのはお前の両親だ。だが、安易に二人を非難してはならぬ。望むと望まざるとにかかわらず、お前はこの刑務所を支配する掟に細部まで従わねばならぬのだ。従わねば刑は厳しさを増す。この刑を、同じ囚人たちと分かち合うがいい、だが、決して看守と手を結ぶな。当時、私の中にこれらの言葉がごく自然に、祈りにも似た形で浮かんできた。これらの言葉は、今に至るまで私の中にあって、私はときどきこれらを自分に言い聞かせるのだが、その価値は失われていない。かなりぎこちない言葉で書き留められたものだけれども、これらは、真実の中の真実を含んでいる。誰にでも当てはまる言葉だ。しかし、我々はこれをいつも受け入れられるわけではない。しばしば忘れ、ときには何年ものあいだ、忘れたままになっている。しかしその後また浮かんできて、蒙を啓《ひら》いてくれる。基本的に、私はグラーフェンホーフに入る準備ができていた。ザルツブルクの病院を経験し、グロースグマインを経験していた。私は、病と死の小学校、いや中学校まで卒業していた。私は、病と死の九九《くく》を修得していた。そして今ではもう、病と死の高等数学を学んでいるというわけだ。私がいつもこの学問に惹きつけられてきたことは認めるとして、今や私は、これを一心不乱に研究している自分を発見した。ずっと以前から、すべてをこの学問にのみつぎ込んできたし、完全に自分で、この学問に辿り着いたのだった。諸事情は私を、まさにこの学問へと引き込まずにはいなかった。他のすべての学問が含まれるこの学問へと。私はこの学問に没頭した、没頭することで私自身、ごく自然に、無抵抗な犠牲者から、犠牲者の観察者へと、同時に他の人たちすべての観察者へと変わった。この距離が、生きるためにとにかく必要だった。そうすることでようやく私は、自らの存在を救う可能性を得たのだ。私は、自分の絶望と他の人々の絶望を検証した。それを実際支配するとか、ましてや止めたりとかはできなかったけれども。ここを支配していた規則は、私がほかの施設にいたときに知っていたものと同様、厳しいものだった。従わぬ者は罰せられた。最悪の場合、即刻退去を命じられたが、しかし本当にそれを望んでいる患者はひとりもいなかった。そうした無期限退去令は何度も出された。それが実際正当だったかどうか、私には判断できない。しかし大抵の場合、退去させられた人々はごく短期間のうちに死んだ。なぜなら彼らは、検査を受けることもなく、危険と、そしてこの病から来る死の確実性をきちんとわきまえることもなく、残酷で無知ないわゆる健康な世界に置かれたことで、必然的に死なざるをえなかったのだから。彼らは施設から放免されると、実に自然なことだが、すぐに生と存在に対する飽くなき渇望に身を任せ、この渇望と、健康な社会の無知と無理解と無配慮の中で、身を持ち崩していくのだ。その数えきれない実例を私は知っている。放免された人たち、健康な人ではなく、いわゆる無期限で、あるいは、危険を自ら引き受けて放免された人たちは、その後、長くは生きられなかった。だが、ここでその話をするのはやめておこう。六時が起床時間、七時が朝食の時間で、八時にはもうみんな静臥室に横たわっていた。九時になるとそこで回診があった。何年ものあいだ、同じメンバーでの同じ儀式だった。医者だけでなく、患者たちも往々にして、何年も変わらぬ面々だった。大抵の患者が複数年に渡ってグラーフェンホーフに留まらねばならなかったから。ここに入るよう指示されたとき、彼らは何にも知らず、数週間か数か月と思い込んでいたのかもしれないが、違った。グラーフェンホーフに行けという指示は、大抵の場合、複数年に渡ってグラーフェンホーフに滞在することを意味したし、それを隔離状態、拘留、拘禁、どんな風に表現するにしても、数年のあいだそうした状態に置かれることを意味した。新しく来た人が、どのくらいの期間自分がここにいなければならないか知らなかったのは、良いことだった。知っていたら同意しなかっただろう。グラーフェンホーフを三か月で後にすることができた患者はごく少数だったし、そのままずっと戻って来なかったのは、そのうちのさらに少数だった。大抵は、しばらくするとまたこの施設に来て、二度目の、延々と続く、数年に及ぶ療養生活に入ることとなった。私のように、取るに足らない影があるという場合でも、少なくとも三か月はグラーフェンホーフに留まらねばならなかったが、健康保険所に騙《だま》されてここにやって来た被害者の私は、受付を終えた直後にそれを知らされたのであった。三か月というのは最低限の話で、それが六か月、九か月といった具合に長引いた。三年か、それ以上グラーフェンホーフに滞在している患者たち、いわゆる古くからの住人もいたが、そうした患者は態度からしてすぐにそれと知れた。ほかの人に気を遣わない、冷たい態度、医者に対しての振舞い方で分かるのだ。彼らの前では何も誤魔化せなかったし、いつも、どこに姿を現したときにも彼らは、自分の知識に対する疑いを払いのけた。常に優越者だった。ほかの患者たちより病状は重く、希望の少ない状況にいたが、優越者だった。ほかの患者たちより死の近くにいたが、それでも優越者だった。外見も、内面的にも嫌な感じを与え、医者からもほかの患者からも恐れられた。長くここにいることでほかの人たちにはない権利を獲得し、医者であろうが看護婦であろうが、誰も、彼らからその権利を奪うことはできなかった。死の一番近くにいるがゆえに、彼らには優先権があった。彼らこそ、患者たちの支配者であり虐待者だった。新参者は楽ではない。最底辺にいて、どうしたら上へのぼれるか、絶対的に不利な位置からスタートしてどうしたら高みへのぼって行けるか、考えねばならないのだ。それは骨の折れる道程であり、数か月では足りず何年もかかった。だが、大抵の患者にはそんな時間はまるでない。その前に死んだからだ。彼らはここに入ると、しばらくは傍観し、そのあとすべてを規則どおり、ほかの患者と一緒にやって、そして消えていった。初めは小さな部屋へ、それから救急車に乗せられ、シュヴァルツァハのきちんとした一般病院に運ばれ、そこで短期間のうちに死んだ。というのも、結局グラーフェンホーフにいる患者の中から死者が出るのは好ましくなかったから、まもなく死にそうだという患者は遠ざけられ、人目につかないようにシュヴァルツァハに搬送されて、グラーフェンホーフでは病院からの死亡通知を受け取ることで満足したのだ。だが、こうした死の事例はいつも予見できるわけではない。その場合、四方八方から疑り深い視線が向けられる中、遺体運搬車が構内をめぐった。運搬車の後ろの扉がガシャリと閉まる音が、まだ聞こえるような気がする。今でもまだときどき、昼日中にも、まったく予期しないときにそれが聞こえるのだ。回診が終わるとまた、以前にも増して一生懸命に痰を吐き出す音がした。静臥の時間に言葉を交わすことは厳しく禁じられていたが、患者たちは話をしていた。医学情報が交換され、所見が述べられ、医者が批判されたり批判されなかったりした。大抵はあまりに気が抜けてしまって動くこともできず、みんな弛緩しているか、または身を固くして、粗毛布の下に横たわったままぼんやり中空を見つめていた。彼らの目はいつも山のほうにばかり、標高二千メートルのホイカレック山にばかり向いていた。灰色の、越えることのできない岩壁だ。我が運命の壁だった！　患者はまず従わねばならない。それからできるだけうまく順応しなければならない。できるだけ、と言ってももちろん、グラーフェンホーフのような施設では限定的でしかありえなかった。患者がどれほどいたか思い出せないが、ひょっとすると二百人くらいだろうか、約半数は女性で、二階に収容されていて、三階にいた男の患者たちから厳しく隔てられていた。一階にはさらにロッジャと呼ばれる部屋が幾つかあって、これは、病が特に重いか、あるいは女でも男でも、社会的地位や名声によって特に優遇された特別患者のためのものだった。私は遠くから、階段からしかこの人たちの姿を見たことはない。十二人部屋が私の出発点だった。この部屋からすぐ出られるなんて、期待してはならなかった。そんなことがなぜ期待できるというのだろう？　私は同室の患者たちの名前と癖を知るようになった。もともと私は、祖父の手で、あらゆる方法で完全な一匹狼へ育てられていた。それは祖父と私が持っていたすべての可能性から帰結されることだったが、それでもこの数年私は、ほかの人間たちと一緒に過ごすやり方を、ほかの人たちよりも上手に、また、より切実に学んできた。私はこの間に、比較的大きな共同体に慣れていた。寄宿舎がそれを教えてくれたし、病院が私をそうした共同生活へと成熟させてくれた。もう、大勢の人たちの真ん中にいることをちっとも難しく感じることはなく、そうした状況に慣れていた。同じ可能性、あるいは同じ不可能性を持って、同じ前提、同じ困難な条件のもと、人々の中にいるという状況に慣れていたのだ。だからグラーフェンホーフに入ったとき、共同生活の点で大した困難を感じなかったし、ここにもまた苦しみの共同体を見出したのであった。法学博士は例外として、十二人部屋にいたのは私と同年くらいの、十七歳から二十二歳までの見習いや臨時雇いの労働者たちだった。ここでもまた、互いに依存した人間共同体に現れうる限りの、あらゆる醜悪な状態が支配していた。ここを支配していたのもまた、猜疑心や羨望、ひとりよがりであって、悪ふざけや冗談も聞こえてきた。この若者たちの病状からして、かなり弱められたものではあったけれど。無関心ではなく無感動が大勢を占めていた。こういった共同部屋で普通に交わされる冗談が、ここでも遠慮なく交わされたが、そうした冗談の持つ荒っぽさ残酷さの加減は、もちろんおかしさの加減も、半分くらいに縮小されていた。ここにいる人たちは、多くのことについては知っているというより予感しているといったほうがよかったが、それでもみんなここで随分多くを見てきたから、随分多くのことを知っていた。だが、若者とは、避けられないもの恐ろしいものが今まさに目に映っているというのに、最大限の空想力を働かせ、まだ目に見えないかのように誤魔化すものだ。若者とは、知覚はしていても分析の用意はできていないものなのだ。結核療養所では、大抵の患者は病院にいるときのようにベッドに縛りつけられているのではなく、立ち上がってあちこち歩き、日々の日課を規則どおり果たすことができた。彼らは、ここを支配する法の範囲なら自由に動くことができたし、定められた境界、標識、垣根までなら、一人でも誰かと一緒でも、療養所を出て散歩することが許されていた。私は、十歳くらい年上の、それでもまだとても若い男の患者と親しくなった。この男を初めて見たのは礼拝堂の中だったが、男はそこにあったオルガンの向こうに座り、一人でヨーハン・セバスチァン・バッハの主題をもとに何やら即興で弾いていた。彼はプロの指揮者で、修道女《シスター》たちが毎日催しているミサをオルガンで伴奏するよう、選任されていたのだ。私はこの演奏を並外れたものと感じ、すぐ魅了された。静臥室に向かう通路でこの演奏に気づき、立ち止まって、礼拝堂に入って行った。この男に話しかけるのを初めは躊躇《ためら》ったが、その後勇気を出して自己紹介した。こうして、現在まで続く友情が始まった。二つとない、証人としての友情が。音楽が私を一人の人間に引き合わせ、結び付けたのだった。長年に渡り私にとってすべてであった音楽、もう、長いこと聴くことがなくなってしまった音楽、それが再び今、これまでよりも遥かに芸術的な形で現れたのだ。散歩の話相手ができた。説明し、啓蒙してくれる人、若いが経験豊かな、あちこち旅行したことがあり、多くを見てきた人だった。彼はモーツァルテウム[*1]の卒業

---

*1　モーツァルテウムはザルツブルク市にある世界的に有名な音楽大学。

生で、オーストリアには居場所がなかったから、スイスで雇用契約を結んでいた。オーストリアという国は、国内出の芸術家に対して決して居場所を提供することがない。遠慮なく、極めて残酷な仕方で、あらゆる国々へと彼らを追放する。ここに、またしてもその実例が見つかった。いつも私が言ってきたし、これからも言い続けるであろうことの実例、故郷においては軽んじられ、いや、軽蔑され、広い世界を求めねばならない芸術家の実例だ。オーストリアでは、もっとも卓越した芸術家が生み出されては、追放され、世界に散らばっていく。どんな種類の芸術も同じだ。もっとも才能のある者ははじき出され、抛《ほう》り出される。残っているのは順応力に長《た》けた者、月並みな者、小さな、もっとも小さな者たち。そうした者たちが、これまでいつもこの国では発言権を持ってきたし、これからも持ち続けるだろう、この国の芸術の命運を握ることだろう。功名心に動かされ、せせこましく、小市民的に。もっとも才能ある者たち、天才たちは、病にかかって失意のうちに帰ってくる、あるいは、世界的に有名になって帰ってくることもあるが、いずれにしろ遅過ぎるのだ。半分死んだ状態、老いさらばえた状態で帰ってくるのだ。とはいえ、これは昔から続いている歴史であり、機会さえあれば私は絶えずこのことを、少なくとも示唆することはやめるまい。当時、私はまだ多くの芸術家を知っていたわけではなかった。少なくとも、個人的に知りあってはいなかった。芸術家たちの生涯を私は知らなかったし、彼らが決まってどんな人生を送るのか、その例外も、まだ知らなかった。私の友人は並外れた才能の音楽家で、明晰な頭脳、鋭い悟性を持っているように見えたから、彼と話すのは楽しかった。彼は、生計のために夏の数か月、音楽の中心地チューリヒやルツェルンを遠く離れて、アローザ[*1]で酒場の音楽家として雇われていたが、そこで罹患したのだった。もう何か月も、ほとんど一年近くもグラーフェンホーフにいた。私たちはよく、女性用静臥室の上方にあるベンチに座って、彼が話し、私は耳を傾けた。私は、多くを学ぶことができる話し相手を得たのだ。ずっと、こんな能力のある人を求めていた。祖父が亡くなって以降、絶望せずに耳を傾けられる人、信頼できる人がもういない、と感じていた。彼はリヒテンシュタイン出身の彼の父親と同じく、リヒテンシュタイン国籍を持っていたが、自身はザルツブルクの生まれだった。最初から私たちは、数えきれないほどの共通の話題を持っていた。芸術、音楽、ザルツブルク、オーストリア、病。だが、病について話すことが一番少なかった。この点、ほとんど病気のことばかり話していた他の患者とは違った。必要がなかったのだ。病気とその経過観察はあまりに自明なことだったし、私たちにはもっとよい話題、もっと有益な話題があったのだから。例えば、対位法、バッハのフーガ、魔笛、オルフェウスとエウリュ

＊1　アローザはスイスのグラウビュンデン州にある小さな村で、夏冬のリゾート地として知られる。

ディーケ、リヒャルト・ヴァーグナー、ドビュッシー。私の友人は英語、フランス語、ロシア語のほかにイタリア語もできたので、私は、これらの言語を教えてくれと、彼に頼んだ。歌手になるために有益だと思ったからだ。歌手になろうという考えをまだ捨てておらず、むしろ今、全力でこの考えを追求した。有名な歌手も含め随分大勢の歌手たちが、若い時分に肺病を患いながらこれを克服して、何十年も芸術活動を続けたという事実を知った。ある歌手は、肺に大きな穴ができたにもかかわらず、数年後にはバイロイトでヴォータンを歌ったという。こうして私たちは、ほとんど毎日女性用静臥室の上方にあるベンチに座り、イタリア語のレッスンをした。もちろん、決められた静臥時間の合間に、散歩に出る代わりにそこにいたのだ。久しぶりに喜びが生まれた。私は嬉しかった。一人の人間が好きになり、その人が私のために、途切れた紐をまた結び直してくれたのだ。それは、私の存在を喜びに満ちた世界に繋ぐ紐だった。どれほど長いこと、「ハーモニー」とか「不協和音」とか、「対位法」とか「ロマン主義」といった語句、「創造的」とか「音楽」といった語を聞かなかったことだろう。こうした概念のすべて、さらに多くの他の概念は、私の中で死滅していた。今やそれらがいちどきに、生きていくための本当に不可欠な基準として、戻ってきたのだ。しかしこの高揚した気分も、陰鬱な悲しみが一様にここを支配している事実を何も変えなかった。例外はなかった。すべては朝から晩まで、一日一日の最初の時間から最後の時間まで、この陰鬱な絶望感に支配されていた。そして誰もが、ずっと前から、この陰鬱な絶望感に慣れていた。僕はまた外に出て、音楽を学んで、歌手になるのだ、とあるときには考え、世界有数のコンサートホール、最大級のオペラハウスに立って、自分が選んだキャリアを発展させていく様子を想像した。僕はもう決して健康になることはない、二度とここから出ることはできない、グラーフェンホーフにいるほかの大勢の患者と同じように諦めて、死んでしまうのだ、窒息死するのだ、とまたあるときには考えた。あるときには、もうすぐグラーフェンホーフから解放され、健康になれる、と考え、あるときには、この病を抑え込むことはできない、ここにいるほとんどの患者の場合と同じように、これは必然的に、あらゆる希望を打ち砕く病へと発展するのだ、と考えた。私の考えは例外ではなく、私の感覚は例外ではなかった。おそらく誰もが、心の中で同じ経過を辿ったのだ。ある人はそれが強めに、ある人は弱めに出た。ある人は大きめの希望を、ある人は小さめの希望を抱いた。ある人は最大級の絶望に、ある人はより小さい絶望に息を詰まらせた。そして、死病に取り付かれた患者たちの灰色の、いや、灰青色の顔を覗き込み、次第に彼らが秘かで不気味な自分の片隅に這い込むようになっていくのを眺め、痩せ細った体をほとんどもう支えられず、壁を手探りしながら進み、寝巻をだらりと垂らしたまま食堂に座り、膝を折り曲げて肘掛椅子に沈み込み、コーヒーポットを持ち上げてもカップに注ぐだけの力がまったくなくて、ポットを下ろすか、最初から手を出さずに誰かがそれを持ち上げて注いでくれるのを待って、ずっと置いたままにしておく様子、彼らが礼拝堂へ向かうとき、黒くなった眼窩の奥から目玉が飛び出しそうな顔をして、壁伝いに一歩一歩歩いていく様子を見ていると、もちろん私は、自分の未来、そもそも何らかの未来を考えるということができなくなって、僕にはもう何の未来もないのだ、と思わずにはいられなかった。そうした将来の夢すら、馬鹿げたもの、恥知らずなものとなった。これまで私と同じく、ただ肺に影が見つかっただけの人間がどれほどいたことだろう。しかし、それが突然いわゆる浸潤となり、そして洞となり、彼らは終わりとなったのだ。「僕の肺には、ただ影が見えるだけなんです」と言っても何にもならなかった。この事実はむしろ、妨げなく破滅へと進むことを意味していた。私は何度も冗談めかして、「僕の肺にはただ影が見えるだけなんです」と言って、この冗談の不気味さ、いや、その破廉恥さに愕然とした。自分がそもそもこんな風にして冗談を言おうとしたこと、それが、その冗談を口にしているうちにもう恥ずかしくなったのだ。レントゲンから戻ってくるといつも、将来をあれこれ推測してみた。肺の影が小さくなっていたか、少なくとも同じ大きさのままだったら、私には未来があった。それが大きくなっていたら、未来はなかった。医者は手にしたカードの中身を見せてくれない。これは完全に賭けであり、誤魔化すことはできなかった。僕は歌手になろう、と私は言い、一時間後には、僕が歌手になることはあるまい、と言った。もうすぐここから出ていける、健康になって解放されるんだ、と言い、一時間後にはまた、ここから解放されることはあるまい、と言った。この恐ろしい推測によって私は絶えずあちらへ、こちらへと引き裂かれた。誰もがみんな、その人なりに同じ具合だった。私たちはみんな、やがては滅ぶ体の中にいて、そこから出ようと理論を組み立て空想してはいたが、誰もがみんな、例外なく失敗せざるを得ないことを承知していたのだ。女性用静臥室がある上方の、斜面に置かれたベンチに座って、私は自問した。もしかすると僕は、大胆に振舞ってしまったことの罰を受けているのだろうか？　突然踵《きびす》を返し、反対方向に向かったから？　ある朝、中学校《ギムナジウム》に行くのをやめて、商人見習になったから？　私は商人見習として働き、ジャガイモをトラックの荷台から降ろす作業をしている最中に罹患した、祖父の言葉で言えば、病を得たのだ。私は勇敢だったのではなく、調子に乗っていたのだ。だが、今こんなことを考えて何になるだろう？　私は病院を、グロースグマインを、そして結局、終油さえも乗り越えてきた。だから、グラーフェンホーフをも乗り越えることだろう。母が死んだら、——というのは、母が死ぬことにはほんのわずかな疑いすらなかった——僕はほんとうにひとりきりになる、と私は考えた、僕にはもう祖母以外、大切な縁者と言える人はいなくなってしまうのだ、と。私はそのときを待っていた。毎日、朝になると守衛室の前に行き、郵便が届いていないかどうか尋ねたが、私に宛てた郵便はなかった。ザルツブルクの家族はどうしているのか、何の知らせもなかった。私の家族はいつも筆不精だった。ここにいる私と、ザルツブルクにいる家族のあいだには、死んだような静寂が支配していた。週にほんの一度でも手紙をくれたらよかったのに！　彼らはそれをしなかった。彼らが手紙をくれることはなかった。グラーフェンホーフに滞在していたあいだ、彼らから郵便を受け取ったことは一度もない。筆不精？　この言葉が思い浮かぶたび、嫌な気がした。グロースグマインの、いわゆるサナトリウム、バルコニーに出ると真ん前に墓地の盛り土が見えたあの死のホテルを出て、グラーフェンホーフに来るまでの期間も、また気が滅入る日々だった。今振り返れば、この時代には「別れ」という表題がピッタリだった。なぜならこの時期、私はあらゆるものから別れを告げたのであり、別れを告げざるをえなかったのだから。今、当時の何を考えてみても、私はそれらに別れを告げたのだと思う。ザルツブルクの街路をさまよい、市内の山に登り、できたばかりの祖父の墓を何度も訪ね、あらゆる場所へ行った。ただ、別れを告げるというそれだけのために。お腹を減らし、疲れ切って、本当の意味で生きることにうんざりして家に帰ると、そこでも母から別れを告げねばならなかった。住居全体が彼女の腐敗したにおいでいっぱいだった。そこら中、隅から隅までこの腐敗臭が芬々《ふんぷん》としていた。母は自分が死ぬのだということ、自分が何の病気で死ぬのかを、知っていた。誰も母にそれを言うことはなかったけれど、あまりに賢く、あまりに耳がよかったから、母に隠し通せることは何もなかった。母は周囲を非難することなく、世界を、神を非難することなく病に耐えていた。彼女は周囲の壁をじっと見つめ、自分に寄せられる同情のほか、何も憎んではいなかった。このころの母には、想像を絶する痛みが半年も前から続いており、痛みは薬で止めることも、和らげることすらほとんどもう不可能だった。ヘプタドン*1、モルヒネの投与はどんどん量を増し、母の夫と私の祖母は、昼夜の介護でへとへとに疲れていた。母の子である私と弟妹たちは敏感に感じ取ってはいたものの、何にも知らない存在で、もちろん大抵はやっかい者、傍観者だった。私たちはすべてを見ていたが何にも分かっていなかった、何にも理解できなかった。母の病もまた、医者のぞんざいさによるものであり、母が死んだのは、医者の責任だった。それは祖父の死がぞんざいな医者の責任だったのと同じだ。医者が治療を始めたのは遅過ぎた、いわば、杜撰だった。私の後見人、つまり彼女の夫が、結局致命的となったこの杜撰さを指摘して、医者を問い詰めたとき、医者は驚いた風もなかった。彼らはこうした非難にただ肩を竦《すく》めるだけで、そのまま日々の仕事に移っていく。外科医が祖父を殺し、婦人科医が母の命を奪った、と私は思ったが、そう考えるのは馬鹿馬鹿しく愚かなことであり、同時に世間知らずで、その上また誇大妄想的でもあった。私は、二本のブナのあいだの切り株に座り、ずっと下方を、二、三人でグループを作って散歩している男性患者たちを眺めていた。彼らは

---

*1　鎮痛薬の一つ。

いつも決まって、女性患者たちが静臥室で横になっている時間帯に散歩するのだ。規則がそのように定めていた。女たちが散歩に出ると、男たちは静臥室で横になり、男たちが静臥室で横になると、女たちは散歩に出るのだ。この方法で施設管理者は、女と男が一緒に散歩するのを防いだ。こうなっていたから、女と男が一緒になることはなかった。彼らが一緒にいようとすれば、規則をかいくぐらねばならず、それは、無期限追放のリスクを冒すことだった。私は、切り株の上に座って、目に映っている風景の向こう側に、グロースグマインから家に帰ってグラーフェンホーフへと出発するあいだの、ザルツブルクで過ごした日々を眺めていた。それは恐怖の時代、屈辱と悲嘆の時代だった。私は市内にある、祖父と一緒に歩いた道を辿った。音楽のレッスンを受けに通った路地を歩いた。それどころか、恐る恐る、人には決して気づかれないように、シェルツハウザーフェルト団地まで行ってみた。尤も、ポドラハの店に入ってポドラハに会おうとは思わなかった。私は、充分な距離を置いて食料品店の前に立ち、客が出入りする様子を眺めた。私はこの人たちを知っていた。店に入って行く気持ちにはどうしてもなれなかったし、たった五十か百メートルしか離れていないところを歩いている店の客、私がよく知っている人たちに、話しかける勇気さえなかった。彼らに出くわしそうになると、顔が合いそうになると、そのたびに物陰に隠れた。私は挫折者だった。私は頓挫したのだ。私は、雪の降りしきる中、ジャガイモをトラックの荷台から荷下ろしするという他愛ない作業をしていて風邪をひき、病を得て、シェルツハウザーフェルト団地の共同体から締め出され、排斥され、おそらく、忘れられてしまった。どれほど彼らに話しかけたかったことか、僕だよ、と言いたかったことか。だがそれをしてはいけなかった。自分を守ろうとする本能がそれを許さなかった。そうして私はまた引き返した。意気消沈し、倍加した孤独の中へと投げ返されて。私は、いたるところで失敗した。家で、初めから、子供時代も、成長してからも。学校で、子供時代も、青年期にも。見習い修行で、いつも、そこら中で失敗した。このことに気づくと気が塞いで、町を歩きながら針の筵《むしろ》を歩いている思いだった。この町のあらゆる路地や片隅で、ここにいるすべての人間たちの中で、私は繰り返し失敗したのだ。失敗せざるをえなかったのだ、私の持って生まれた性質がそうだったから、と考えずにはいられなかった。私はプファイファー通りに通い、ケルドルファー女史とヴェルナー氏から音楽のレッスンを受け、挫折した。私は基幹学校に入り、挫折した。寄宿舎に入って、挫折した。そしてギムナジウムに入ったあともまた。どこに行っても、罵りと恥にまみれて追い払われ、屈辱的な扱いを受けて締め出され、誰からも、どこからも放り出された。今もなお、ザルツブルクを歩くとこの感情に襲われる。今もなお、私にとってあそこは恐ろしい針の筵だ、三十年を経た今もなお。木の切り株に座りながら、私は自分が家々の玄関を叩く姿を見た。私のためにドアが開かれることはなかった。私はいつも拒絶された。受け入れられること、迎え入れられることは、決してなかった。願いが容れられることは決してなかった。私の要求は誇大妄想的で、若者はこうした要求をひたすら大きくしていくものだから、単純なことだ、こうした要求を受け容れてはならぬのだ。それは、人生に対して、社会に対して、すべてに対して向けられた誇大妄想的要求だった。それゆえに私は、高慢にもすべてを要求しながら、ずっと頭をひっこめていなければならなかったのだ。つまり、実際のところはどうだったのだろう、起こった順序で言えば、と考えて、荷物に詰め込んであったものすべて、しっかり紐で括ってあったものすべてを取り出した。今は、そのために必要な平穏があった。すべてを荷ほどきするまで、次から次へと、戦争、それがもたらしたもの、祖父の病、祖父の死、私の病、母の病、家族みんなの絶望、彼らが置かれた気を滅入らせるような環境、見通しのきかない存在、そして再びすべてを詰め込み、再びそれを紐で括った。しかし、しっかりと紐で括った包みをそのまま置いておくことはできず、また持ち出さねばならなかった。今でもまだ、それを持ち歩いている。そしてときどきそれを開けては中身を取り出し、再び詰め込んで、紐で括る。それでも前より利口になったということはない。決して利口になることはないだろうし、それがまた、気を滅入らせるのだ。そのうえ、今やっているように証人の面前でこれを荷ほどきするとき、つまり、往々にして粗っぽく、残酷でセンチメンタルで月並みな文章になりがちなこの文章を、当然ほかの文章を書いているときとは違い、無頓着に綴っているとき、私は恥ずかしさをちっとも感じない。なおわずかでも私に羞恥心があったら、もちろん書くことなどまるでできなかっただろう。羞恥心のない者にしか書くことなどできないし、羞恥心のない者だけが、文章を鷲摑みにして取り出し、それをそのまま放り出すことができる。もっとも羞恥心のない人間が書いたものこそ、もっとも信憑《しんぴょう》性が高い。とはいえ、当然これもまたほかのすべてと同じく誤った推論なのだろう。私は、木の切り株に座り、心から愛し、同時にひどく憎悪せずにはいられない自らの存在を、じっと見つめていた。私は、ザルツブルクで過ごしたこの過渡的な時代に、いわゆる商業会議所で、商人見習の修了試験も受けた。見習い期間をきちんと修了した形にしておきたかったのだ。受験申請は受理され、試験に私は合格した。自分の前に広げられた七十二種類のお茶を見分けることが求められたが、間違わなかった。客の依頼であればグラーフの商標が付いた瓶にマギ[*1]の内容物を充填してよいか、という問いに、私は「できません」と答えたが、その答えは正しかった。商標のついた瓶には、それに応じた内容物しか入れてはならない、そのことを私は学んでいたし、それは私がこの試験を上首尾に終わらせる助けとなった。だが、今、いわ

＊1　グラーフとマギはともに調味料やスープの素などで知られるブランド。マギ（スイスでは「マッジ」と発音）は十九世紀後半にユリウス・マッジがスイスに設立した食品会社に由来し、現在はネスレの傘下にある。

ゆる商人見習修了証を得て、何になるのだろう？　事実は、肺病患者である私が食品販売に携わることは到底許されないのであって、同じく肺病ゆえに私は、歌うこともできないのだった。ちょっとした福祉手当はもらっていたが、私はラデツキー通りに住む家族のお荷物となる運命にあった。私はあちらへ、またこちらへと、さまよい歩くよう宿命づけられていたのであり、ごく簡単に言えば、すべてから締め出されていたのだった。たった一つの希望は、グラーフェンホーフに入るため、列車の切符を待つことだった。施設に入ること、と言われた。最大級の驚愕の施設として知られ、恐れられていたところに。正直に言えば私は、グラーフェンホーフへ行くための列車に乗る瞬間を、今か今かと待ち詫びていて、切符を手にしたとき、否応なく幸せを感ぜずにはいられなかった。私は幸せだった。驚愕の施設に行くことができて、幸せだった。これは、どれほど理解しがたいことであろうとも、真実だ。グラーフェンホーフ、ひょっとするとそれは言われているほど悪いところではないのかもしれない、と思った。そこに行ったら、将来をじっくり考える時間があり、息がつける、と。ザルツブルクで家族と暮らしていたときは時間もなかったし、息もできなかった。ザルツブルクではいつも窒息しそうだった。あの時代は一つのことしか、自殺するという考えしか頭になかった。だが、それを実行するのに私はあまりに臆病で、あまりにも色んなことに興味があった。恥知らずな興味に生涯囚われていて、その都度、自殺を思いとどまった。恥知らずな好奇心が決まって私をこの地表にとどめなかったら、数千回も私は自殺したことだろう。これまでの人生で、自殺者以上に私が感嘆したものはなかった。彼らは、すべての点で僕に勝っている、すべての点において、といつも考えた。僕には何の価値もないのに、生にしがみついている、こんなに嫌な、価値のない、反吐《へど》が出るほど低俗で、安っぽくて低劣な人生に。自殺する代わりに、あらゆる妥協に、反吐が出そうな妥協に甘んじている。何に対しても、誰に対してもへいこらして、無性格さの中に逃げ込んでいる、臭くても温もりのある毛皮にもぐり込むように。みじめに生き延びることで！　私は生き続けている自分を蔑んだ。切り株の上に座ったまま、自分の存在の絶対的不条理を見た。祖父のもとへ、墓地へと向かい、そしてまた家に帰っていく自分の姿を見た。祖父と二人で行くことにしていた旅の計画は、墓の盛り土にしかならなかった。住まいの端には、主のいなくなった部屋があり、祖父の着ていた服は誰にも触られることなくドアや、タンスに掛けられたままだった。祖父の机には依然として、祖父が書き込んだメモが置かれていた。文筆業に関するメモだけでなく、ごく月並みな義務が書かれたものもあった。「シャツにボタンを縫いつけるのを忘れるな！」「靴の修繕！」「棚の扉を塗装！」「ヘルタ（祖父の娘であり私の母）に薪の件を注意！」今となってはこれらの紙片に何の意味があっただろう？　机の前には今、私が、座ればよかったのか？　自分にはその権利はない、まだ、その権利はない、と思った。棚に置かれた本を手に取る権利もない、いや、まだその権利はないのだった。例えばゲーテ、第四巻。シェークスピア、リア王。ダウテンダイ、詩集。クリスチアン・ヴァーグナー、詩集。ヘルダーリン、詩集。ショーペンハウアー、余録《パレルガ》と補遺《パラリポメナ》。私には、部屋の中の何一つ手を触れる勇気がなかった。まるで、この部屋の主《あるじ》であり所有者であり、部屋の中の物がその人の専有と定められていた当人が、今にもこの部屋に入って来て、私を問い詰めるのではないかと感じた。ここで、成功とは縁遠い忘れられた作家が、毎朝三時に座って仕事したのだ。無意味だった、今、私はそう洞察せずにはいられない。祖父自身も同じくそれを洞察していた。それを口に出すこと、いずれにしろ言葉にすることはなかったけれど、いついかなる瞬間にもそう思っていたのだ。この無意味の中で祖父は自分の規律を最大限の規律にまで高め、一つのシステムを作り上げた。祖父にとって生来のものであったシステム、次第に祖父特有のものとなって行ったシステムを。私は、祖父のこのシステムの中に自分自身のシステムを認める。無意味さに抗いながら起床し、書き始める、仕事をし、考える、まったくの無意味の中で。祖父の思考を今、私が先へと考えていってよいのだろうか？　祖父のシステムを私が引き受け、自分のものにしてよいのだろうか？　しかし、それは始めから私のシステムでもあった。目を覚ます、仕事を始める、疲れ切るまで、もう何も見えなくなるまで、もう何も見たくなくなるまで。終わりにする、スイッチをひねって明かりを消す、悪夢に沈潜する、類ない儀式に身を委ねるように。そして朝になると、また同じことを始めるのだ。この上なく精確に、これ以上ないくらいに集中して、意味があるように見せかけて。木の切り株に座り、ホイカレック山を眼前にしながら、私は、一つの世界の卑劣さを眺めていた。自分の視角から自分の目でそれを見ることができるよう、可能な限りあらゆる留保をつけて自分をそこから切り離し、振りほどいて外に出てきた、一つの世界の卑劣さを。この世界はまさに、祖父が描いて見せたとおりだった。まだ半信半疑で、祖父が描いたものすべてを受け入れる気持ちになれなかったから、いずれにしても初めの数年は話された言葉に信従することはなかった。あとになると、自分でも祖父の言葉の証拠が分かるようになった。世界とは、その大部分において、反吐が出そうなところだ、覗き込んでみると、そこは一つの暗渠なのだ。それとも違うのか？　今の私は、祖父の言葉を検証することができた。私は、祖父の言葉の正しさを頭の中で証明することばかり考えていた。証拠を求め、証拠を追いかけ、あくせく駆け回った。そこら中を、青春時代の町と、その近隣の隅から隅までを。祖父は世界を正しく見ていた。それは暗渠だった。長いことじっと覗き込み、目が、顕微鏡で見るときのような粘り強さを獲得すると、もっとも美しい、もっとも複雑な形態の展開が見えてくる、そういう暗渠だった。この暗渠は、鋭敏で革命的な目に対しては自然の美しさを用意していた。しかし、暗渠であることに変わりはなかった。そして長いこと、何十年も中を覗いている者は、疲れ、死に、そして／あるいは真っ逆さまに中に落ちてゆく。自然は、祖父が分類して示してくれたとおりの残酷な自然であり、人々は、祖父が描いたとおりの絶望した、卑俗な人々だった。いつも私は祖父の見解の反証を探した、この点で、この一隅では、祖父の考えを否定できる、と思ったものだ。だが、違っていた、いつも私の頭の中で、祖父の言葉は立証された。祖父が示唆し、私が解明して立証したのだ。木の切り株に座りながら、記憶の中でこの立証を何度も繰り返し実践することが、私の息抜きとなっていた。自分の探究を繰り返してみよう、もう一度目の前に現前させよう、と思った。この種の試みでは、私はもう名人の域に達していた。記憶の中のどこでも好きな箇所を呼び起こして、何度も検証することができた。そうこうするうち、私の歴史は既に数多の、数百万とは言わないまでも数千のデータとともに頭の中に蓄積された世界史となって、いつでも呼び出すことができるものとなった。祖父は私に真実を教えてくれた。祖父自身の真実だけでなく、私の真実、一般的真実を。そしてすぐにまた、これらの真実が完全に間違っていることも、教えてくれたのだ。真実とは、それが百パーセント真実であったとしても、いつも誤っている。そしてどの誤りも、真実にほかならない、そう考えることで私は自分を前に進めようとした。そう考えることで前へと進む可能性を得たのであり、そう考えることで自分の計画を中断する必要がなくなった。このメカニズムが私を生にとどめ置き、私の存在を可能にしてくれている。祖父はいつも真実を語り、且つ、完全に間違えていた、私と同じように、誰もが間違えているのと同じように。我々は、自分が真実の中にいると信じるときには間違っているし、逆もまたしかりだ。不条理こそが、唯一可能な道なのだ。先へと進んでいけるこの道筋、この道を私は知っていた。木の切り株に座りながら、祖父が作った計算書を検証する楽しみ、上下に書き込まれた数字を合計する楽しみが、私にはあった。商人見習のとき店でしたのと同じように、当時と同じ精確さで、当時と同様顧客に遠慮することなく、計算を行った。私たちは人生という店に入って買い物をするが、代価は払わねばならない。ここで売り手が間違えることはない。その間に合計された値段は合っている。それは常に、唯一正しい値段なのだ。木の切り株に座りながら、私は自分の由来について自問し、そもそも自分が何から成立したのかという問いに関心を持つべきなのかどうか、あえてそれを解明すべきなのかどうか、自分を根本から研究するだけの厚かましさが自分にあるのかどうか、自問した。これまで一度もこの問いをつき詰めたことはなかった。私にはそれはいつも禁じられていた。私自身、一つ一つ下の層へと掘り下げること、隠れた事情を探ることを、自ら拒んできた。自分にそれができるという感覚がなかった。私は弱過ぎたし、それをする能力も持ち合わせなかった。それに、この探検を行うためのどんな手掛かりがあっただろう？　ぼんやりしたこと、打ち消されたこと、不機嫌な調子でただ仄めかされたこと以外、私はこの手に、頭に、何も持ち合わせていなかった。今、自分をさらし者にできる状態にあっただろうか、自分自身の前で？　家族の前でいわんや母の前ではまったくその気になれなかったのに、今それができる、少なくとも父の素性だけでも探索できる状態にあっただろうか？　今日にいたるまで、私が父について知っていることといえば、父が母と同じ小学校一年生のクラスに通っていたということ、ドイツで結婚して、その後五人も子をなしたあと、四十三歳のとき、オーデル河畔のフランクフルトで死んだということだけだった。どんな風に死んだのかは知らない。撲殺されたと言う人もいれば、撃ち殺されたと言う人もいるが、一九四三年に誰に、どちら側の人に殺されたのか、私は知らない。この不確かさの中で生きることに、私はもう慣れてしまい、人間的であると同時に政治的でもあるこの霧を突き抜けていく勇気を、これまで一度も持たなかった。母は、ほんの一言すら、父について語ることは拒んだ。それがなぜなのかは分からず、推測に頼るほかないのだが、父に関することはすべて推測の域を出ないのだ。それでも自分の父親だから、私はよく自問したものだ。「お父さんはどんな人だったのだろう」と。だが、自分では答えることができなかったし、ほかのみんなには、答えようとする気持ちがなかった。私の生みの父が犯した罪は一つなのか複数なのか知らないが、どれほどに大きかったことだろう。家の中では、祖父の前でさえその名前を言ってはならなかった。私が「アロイス」という名を口にすることは許されなかったのだ。もう八年も前のことになる。父の学校友達で、母とも同じ小学校に通っていた女性を見つけた。その人は、父を単に知っていただけでなく、今では私にも分かるが、とてもよく知っていた人だった。私は勇気を出してこの人と会うために日時を約束した。会って、父について話してくれるという約束だった。だが、約束していた日の前日、私は新聞に恐ろしい写真が載っているのを見つけた。ザルツブルクへ向かう高速道路の入口の路上に、首が引きちぎられた二つの死体。母の同窓生であり、父に関する情報を与えてくれることができた筈のただ一人の証人は、事故に遭って死んでしまったのだ。この恐ろしい写真を新聞で見たとき、確信した。これ以上、父について探ってはならないのだと。父は農家の息子で、指物師の修業をした。父が母に宛てた手紙には嘘ばかり書かれていたという。父は私を認知しようとせず、私のために一シリングも払おうとしなかった。七歳か八歳のころ、母に手を引かれ、トラウンシュタイン市役所に行ったのを覚えている。彼、ア、ロ、イ、ス、・、ツ、ッ、カ、ー、シ、ュ、テ、ッ、タ、ー、が父であることを証明するため、私から血液を採取したのだ。血液検査の結果、彼が父親であることは証明されたが、その父は行方不明で、私のために一銭も払うことはなかった。復讐として母は、私を頻繁に市役所に行かせた。国が私のために月々（！）給付してくれる五マルクを、自分で取りに行かせたのだ。母は、子供の私を直接地獄に送り込むことを厭わなかった。「お前がどのくらいの価値か、お前自身が分かるように、ね」、と言いながら。この言葉ももちろん、私は忘れることはあるまい。自分の母親が、不実な男に復讐するため、その男と一緒に作った子供を地獄に送り込むときの悪魔的な言葉、あらゆる言葉のうち、私の耳に残っているもっとも悪魔的な言葉であるこの台詞を。絶望がどれほど遠く、どれほど深くまで達しうるか、私はそれを、トラウンシュタイン市役所へのこの地獄行によって知っているのだ。私にとって月の第一日目は地獄へ行く日だった。母はそれを知っていただろうか？　撲殺された？　射殺された？　この問いはもちろん現在まで気に掛かっている。四五年、戦争が終わって二、三か月したころ、私は自分で思い立って父方の祖父を探し出した。その人はザルツブルク郊外のイッツリングで、駅に近い建物の地下に暮らしていた。湿った冷たい地下室で、息子の一人、つまり私がこれまで一度も会ったことのない、父の兄弟の一人が住んでいる建物の地下室だった。私には、彼らと知り合いになろうという気持ちはなかった、なぜそんな必要があっただろう、彼らの存在は知っていたが、今さらどうこうする気持ちはなかった。私の父親の父親は当時既に七十くらいで、最近新聞で読んだのだが、百四歳まで生きて亡くなったという。読んだとき思ったし、今でもそう思うのだが、おそらく死ぬまでずっとあの冷たい湿った地下の穴倉にじっとしていたのだろう。私の父のことを、家畜の話でもするように語っていた。何人もいるほかの息子のことも家畜のように話した。山と積まれたゴミのような洗濯物と汚れに囲まれて、玉座のような椅子に座って、父のことを、もうとっくに「くたばった」、と言った。この地下室には、重いビロードの緞帳を垂らしたいわゆる天蓋付きの巨大なベッドが置かれていて、玉座のような椅子も同じ硬質木材から彫り出したもので、どちらもとてつもなく大きかったから、これらの悪趣味な家具を作ったのは、私の父ではないか、父は指物師だったのだから、と私は思ったが、それを口に出して訊ねることはしなかった。生涯でこの一回きりしか会ったことのない、以前も以後も、一度も会ったことのないこの父方の祖父は、私の父についてくり返し、ドイツに行って、そこで子供を五人作って、「くたばった」と言った。彼は何度も、息子は結婚した、と言い、「あいつはドイツで結婚して子供を五人作って、とっくにくたばっちまった」、と何度もくり返した。この祖父は、ほかの巨大な家具とはまるで不釣り合いなガタガタする小卓から引き出しを一つ開け、彩色した写真を一枚取り出して私にくれた。それは父の写真だったが、あまりに私にそっくりで、びっくりしてしまった。写真をポケットに入れて、走って家に帰った。そしてどうにも我慢できず、母にこの冒険について話した。詳しく話そうとしてみたが、そこまでできなかった。というのも、父方の祖父を見つけたことを話し始めるやいなや、母は私に次々に悪態を浴びせ、毒づいたのだ。不用意にもあの写真を見せてしまったため、母は私の手から写真をもぎ取り、暖炉の中へ投げ捨てた。記憶する限りで人生最悪のものの一つとなったこの口論のあと、私は、家で父に言及することはやめた。このテーマにはもう触れず、父は誰だったんだろう、どんな人間で、どんな性格だったんだろう、と推測するだけにとどめた。実際、あれこれ推測する余地はとても大きかった。私が作り出された正確な場所、それを私に明かしたのが母自身だったことは、事実として無視できない。なぜ、母はこれを打ち明けたのだろう？　のちには、私の生みの父を思い出させられただけで、ひどく嫌な顔をしていたのに。母の学校時代の友人だったヘンドルフの運送業者の細君に訊けば、全部ではないにしろきっと沢山のことを聞けただろうし、現在のようにごくわずかではなくて、もっと多くのことが分かったことだろう。この程度の知識、歳を重ねるほどに頼りないものになっていくこの程度の知識では、父のことを少しでも調べようとしたところで、無意味なのだ。だが、私はそれを望んでいたのだろうか？　生みの父親についてこんなに少ししか知らない、ほぼ何にも知らないのは、利点ではなかったか？　その人のぼんやりしたイメージをくり返し利用して、それで満足していたほうが有益ではなかったか？　祖父も含め、家族のみんなが私の人生から父を抹消した。それは正しかったのか、それとも誤りだったのか？　問いは宙に浮いたままだ。彼らの罪はそのままだし、同じく私の推測もそのまま、私の邪推もそのままだ。要するに、家族に対しての終わることのない、往々にして痛切なまでの告発の必要性が残っている。だが、今ではもうみんな死んでしまい、弁明しろと言っても意味がない、死者たちの霊を裁いて牢屋に入れても、それは馬鹿馬鹿しくて笑止千万な、度量の小さい卑劣な行為でしかない。だから、彼らはそっとしておこう。とはいえ私は彼らの弦をすべてくり返し張り直して、家族全体の楽器が聞こえるようにしておく。自分がどれだけ正しく、どれだけ間違えて弾いているかは分からないけれど。彼らの弦は容赦ない扱いを受けて当然ではあるが、調子の狂った弦ほど私を刺激するものはないし、いずれにしろ正直なところ、そういう弦ほど私には好ましいのだ。寝室の、ドアのすぐ横の自分のベッドの中で、顎まで毛布をかぶり、眠っている患者たちの中でひとり目を覚ましたまま、私は、自分の由来についての藪をかき分けようとしている自分を見たが、この試みは何も生まなかった。休まず頑張っても、どれだけ深く藪に踏み込んでも、闇がますます大きくなりまた荒地が拡大し、その分だけ自分が傷つく可能性も増大した。ごく幼いころからよくあったように、取りつく島もないといった具合だった。それでも、この報われない試みをやめようとしなかった。既に悪夢を知ってはいたけれど、自分に使える術を総動員して、無理にも暗がりに、真っ暗闇に光をもたらそうとした。祖父は、元々どこから来たのだろう？　祖母は元々どこから？　父方の祖父母は！　母方の祖父母は！　私が説明を求めた人たち、私に対して答える責任があった人たちは、みんなどこから来たのか。私が彼らに呼び掛けると、彼らは幽霊のように消えてしまった。私は、そこら中の曲がり角で待ち伏せして彼らをつかまえようと、行く手を遮ろうとしたが、彼らのほうが速く、すばしこく、要するにずっと狡くて、つかまえたと思った瞬間にはもう逃げていた。彼らは自分の名前が呼ばれたのを聞いておらず、私が話す言葉を理解しようとしなかった。話しかけてもまったく違う、私には理解できない言葉で話した。素朴にも私は彼らの一人一人から、それぞれの物語を聞くことができるだろう、そのあとそれを自分の頭の中で私の物語へと繋ぎ合わせることができるだろう、と信じたが、間違いだった。どこであれ彼らに遭遇したら、呼びかけさえすれば近づいて来て、情報を与えてくれる、すぐに真実を聞くことができる、と考えたが、誤りだった。単純にも私は、自分の問いを裁判官のように彼らに向け、抗弁を許さずはっきりとした答えを受け取ることができると信じていた。ところが、ずっと問いかけてはみたけれど、一つの答えも受け取ることはなかった。受け取ったとしてもそれは、満足できない、ひどく厚かましい嘘だった。私は、すべての疑問をぶつける権利を持っているし、問いに即した答えを受け取る権利があると思い込んでいた。だから、悲しくなるほど何にも知らず、繰り返し尋ね、相手の反応に心底失望するばかりだった。これまで自分は、少なくとも一定の期間一緒に暮らしていた人たちに、長い短いによらず一緒に暮らしたことがある人たちに、充分尋ねたことがあっただろうか、と、療養所のベッドに横たわりながら考えた。答えは否だった。私は彼らに充分問い質したことはなかった。こうした問いを口にするのを幾度も躊躇し、後回しにした。ずっと躊躇《ためら》い、後回しにし続け、ついにはもう遅過ぎる状況となってしまった。私は、多くのことを問うべきだった、いや、問わねばならなかっただろうに。祖父に、祖母に、母に、問わずに終わったことのすべてを、問うべきだったのだ。今となってはもう遅い。死んでしまった人たち、亡き者たちに尋ねるのは、自分の状況を守ることにばかり専心する生き残った者の犯罪的で無益な行為にほかならない。問うための時間はずっとあったのに、それをしなかった、もっとも大切な質問すらしなかった、と思った。不意に、気づいた。彼らは問われることを避けていたのだ、そうした質問を予想し、恐れ、尋ねられないよう手を尽くしていたのだ。ついにはこの世を去ることになり、最後まで私に答える必要もなく、うまく逃げ切ったのだ。彼らは私に藪を、砂漠を残した。私がそこで飢え、渇き、破壊される見込みが大きい、乾いた野を残した。彼らはみんな、彼らなりの答えを用意してはいたが、言おうとはしなかったのだ。言おうという気持ちがなかった、おそらく彼ら自身も誰かに答えてもらったわけではなかったから。答えないことで彼らは、その復讐をしたのだ。とはいえ自分の由来についての関心、つまり、これら秘密保持者たちへの関心が、私のほうにも本当にあっただろうか？　死へと逃げ込んだ人々、人生が終わるとともにいなくなった、謎を明かすことなく完全に消え去った人々への関心が。彼らの謎をめぐって私は今、ここでベッドに横たわったまま、あれこれ嫌らしい考えを巡らせていたのだ。分からない。問いは残ったままで、時とともに私の存在の不器用が増し、認識への意志が強まるとともに問いは増殖した。生きるか死ぬかの瀬戸際にいて、自分の存在基盤を何も知らないのか？　私の存在の大部分は、無知から成っていた。だが、何の見当もなかったわけではない。でも、どこで証明してもらったらいいのだ、いわば法的に有効な、自分でも信頼できる証明を、どこでもらったらいいのだ？　私はその証明に辿り着こうとして、決して諦めることなく努めてきた。一生のあいだ、自分の存在証明を求めてきた。その気持ちは強い時期もあったしさほど強くない時期もあったが、いつも切実で一貫していた。しかし、そうした証明を手に入れ、頭に入れてみると、証明は充分堅固ではなく、使えないもの、誤解を生むもの、後退に過ぎないものであることが明らかとなったのだ。もちろん、由来についての証明を手に入れるよう私を促した動機についても、よく考えてみた。ときどき、そうした証明を何が何でも手に入れようとしている自分のしつこさを蔑んだ。なぜなら、証明はどうしても必要なわけではなかったから。それは分かっていた。裁判官として判決を下そう、刑を宣告しようというのではないし、そもそも私にそんな権利などなかった。好奇心を追求していけばその結果、今までまったく知らなかった何かが発見されて、それがすべてを説明してくれるだろう、と考えたのだ。私は、一晩中ずっとほかの患者たちが眠っている様子を観察するか、自分の由来を探求して過ごすことがよくあった。そうした実践は私の習慣になっていったが、それで何かが達成できるというわけではなかった。どんな理由からにしろ、眠れないとき、眠りにつくことが考えられないとき、私は藪に分け入り、この藪を切り開こうとした。だが、藪が開かれることはなかった。藪の中の人たちの顔は、暗くて見えなかったけれど、私は彼らをその癖によって見分けることができた。だが、これら私の物語の人々は、私のゲームに巻き込まれることを避けた。彼らは私の探検の動機を見抜き、私に出くわすと私を蔑んで、すぐにその場からいなくなった。私はほかの患者たちに用心深く近づいた。それは、私が近づく際に彼らが示すのと同じ用心深さだった。彼らも私と同じく自己保存の本能から距離を重視した。私はこの社会に参加してはいたが、このかび臭い建物に群居する社会の一員ではなくて観察者であった。一方には医者たちがいて、私の不信感に対して横柄な態度、無作為、毎日の無意味な医学的処置によって応えたし、他方には私を仲間として受け入れようとしない、認めようとしない患者たちがいた。彼らにとって私はどうなるか分からない存在、ひょっとすると単なる一過的な現象でしかなく、深く関わる価値もない、あまりに軽い輩で、同じ位階の死の戦友、完全な患者ではなかった。私は仲間になろうとしてしばらく努めてはみたが、うまくいかず、再び自制しなければならなくなって、打ち解けない態度に戻った。彼らの冗談や彼らの無関心、彼らの低俗さが私には理解できなかった。私には、私の冗談、私の無関心、私の低俗さがあったからだ。私には生来の倒錯性があり、初めからそれが私を締め出していた。決断はとうに下されていた。私は、しばらくは彼らの優勢に屈し身を任せていたあと、距離を取ろうと、抵抗しようと、ここから去ろうと決めたのだ。とにかく健康になろう、と。存在への私の意志は、死への覚悟よりも大きかった、つまり私は彼らの仲間ではなかったのだ。とはいえ彼らと同じ身なりで、同じことを行い、できるだけ目立たないよう、同じように振舞っていたから、日々の暮らしの表層では彼らの一員に見えなくはなかったが、それでも私の抵抗は彼らの目にとまり、医者たちにも気づかれていて、その当然の帰結として私はいつも難しい状況に直面した。いずれにしても扱いが厄介な反抗精神である私に対し、医者たちは冷たく、患者たちは蔑んでいるように見えた。私は火傷《やけど》して用心深くなった子供のようなもので、もはや何も考えずにではなく、ただ快適に過ごしたいという思いからのみ順応して、服従しているのだった。彼らの歴史に私は耳を傾けた。いずれの歴史とも同じ、全歴史と同じ、受難の歴史ばかりだった。私は彼らと食事を分かち合ったし、彼らとともに列をなしてレントゲン室の前に立ち、彼らとともに救急治療室に駆け込み、彼らとともに昼食のテーブルに座り、彼らとともに静臥室に横になり、彼らとともに医者たちへの、全世界への憤りを覚え、彼らと同じものを身に付けていた。私はこの家の標章を、痰壺と体温計を両手に持っていた。日曜になるといつも礼拝堂に行ったのは、カトリック教徒だからではなく、音楽を愛するばかりか音楽馬鹿になっていたからで、今でも音楽を自分の存在を正当化する最高の徴《しるし》、ただ一つの本当の情熱、一生のコンプレックスにしようと思っていたからだった。このころの私は、日曜日のたびに指揮者である友人が弾くオルガンの横に立ち、シューベルトのミサ曲を歌った。十から十二人くらいの患者が、日曜日の朝六時、ナイトガウンや、安っぽくてみすぼらしいウールのセーター姿でここに集まり、歌手として、永遠なる神の栄誉を讃え、ディレッタントの情熱を込めてシューベルトのミサ曲を歌ったのだ。痩せ細って震える喉から出たこの惨めな声を、三、四人の修道女《シスター》が鼓舞し、キリエへ、そしてミサ曲全体を通ってアグヌスへと、厳しく、容赦なく追い立てると、疲労は頂点に達するのであった。ここで歌った者は、修道女《シスター》たちに優遇され、他の患者よりも早くに暖かい毛布をもらったし、より質のよいシーツをあてがわれ、人よりも早くに窓からよい眺めが得られるようにしてもらえた。最後の、「大いなる神よ、あなたを讃えます」は、いつもできる限り大きな声で、すべての歌手の傷んでガラガラした喉から発せられた。私はそこに立って一緒に歌い、一緒にしわがれ声をはりあげながら、さらし柱に載せられた首のように、灰色の瘦せ細った首から突き出ているこれらの頭、汗をかきかき揺れ動く頭を眺めていた。後ろの壁には死んだ人たちの死亡告知が貼られ、前には生きた歌手たちがいた。彼らは、彼らの名前が後ろの壁に貼りつけられるまで、ずっと歌い続けるのだ、と思った。そしてまた新しい歌手が来て、といった具合に続くのだ。私自身は、いつかこの壁に自分の名前が黒く縁取りされて貼り出されるという事実に抗った。ここではそんなに長く歌うまい、と思った。早くも、礼拝堂で歌う役目に応募したことを後悔していた。ミサには行きたくなくなったが、それを言い出すにはもう遅く、言ったら修道女《シスター》たちの反応に苦しめられたことだろう。だから、毎週日曜にいつも同じシューベルトのミサ曲を、聴くことが耐えられなくなるまで、ずっと歌い続けた、いつか、自分の名前がこの壁に貼り出されるという考えに抗いながら。今、後ろの壁に名前があるこの人は、つい先週の日曜日、一緒にアグヌス・デイを歌った人ではなかったか？　ほんの二、三日前、別館の裏庭で蓄音機の仕組みについて雑談したエギル神父の名前が、太字で印刷され、十字に交差した棕櫚《しゅろ》の枝を被せられ、今、壁の上でひときわ目立っていた。お前は今、合唱団で歌っているが、いつかそこから外れ、お前の名前がしばらくのあいだ、壁に貼られるのだ、そして遠くない日にそれが、新しい名前に置き換えられる、と私は自分に言った。「大いなる神よ、あなたを讃えます」と叫んでいた彼らは、没趣味な紙切れに姿を変えて、画鋲で留められていたのだ。ミサが終わり、礼拝堂に集まった人々が途方もない、大規模な咳の発作に襲われると、修道女《シスター》たちは足早に立ち去った。歌手たちは壁を伝って恐る恐る階段に進み、一歩ごと手摺りを摑みなおしながら、階下に降り、食堂で朝食をとった。ここではコーヒーのにおいがすべてを支配していた。朝食のあと、この疲れた一団は痰壺と体温計を携えて廊下から静臥室に向かうと、朝からもうクタクタの状態でそこに横たわるのだった。冷たい風が板壁の下の隙間から這い込んで、前から直接顔に吹きつけた。何もすることができずに誰もがぼんやり過ごしていたが、指揮者である私の友人は例外で、引き寄せた両膝の上にいつもピアノ抜粋版の譜面を置き、何やら熱心に書き込んでいた。彼は自分のキャリアを磨くことに、自由になったあとコンサートホールやオペラハウスに採用されて働くための準備に余念がなかった。ときおり、私は彼が指揮者然としてタクトを振るのを横から見て、愉快に思った。ほかの患者は疑り深そうに眺め、医者たちは、彼が静臥室で譜面を研究しているのを見ると品のない論評をした。私は、指揮者の友人が示してくれたこの模範像にしがみついていた、その楽観的姿勢、その絶対的な存在肯定に。この道はまた、僕が進むべき道なのだ、と思った。ここに私のお手本があった。みんながぼんやり鈍重に横たわり、咳をしては痰を吐き、死へと通ずる嗜眠状態にあった中で、指揮者の友人は抵抗し、逆の行動をとっていたから、私は彼を熱心に真似た。彼もまた痰を吐き、私も痰を吐いたが、我々が吐いた痰の量はほかの患者たちより少なくて、陽性ではなかった。ある日、指揮者の友人は退院して、私はまたひとりになった。「健康を回復して退院した」、これは何という言葉だろう！　何という主張だろう！　私は自分の道を、ひとりで行かねばならなかった。私の言葉に反論してくれる人はもういなくなり、話しかけても、返事はなかった。振出しに戻った、私を芸術と、いや学問とすら結び付けていた糸は、断ち切られたのだ。「健康を回復して退院した」、そんなことは、ほぼなきに等しかった。だが今や私も、健康になって退院するという希望を持った。自らの道を弛まず歩んでいく人、存在にひたむきな人、芸術家、先へと進もうとする彼は、私のお手本だった！　実際、私の肺の影は小さくなった、それどころか急に、まったく見えなくなった。所長を補佐する役の医師は、君は治癒した、立ち去ってよろしい、ここにはもう君のいる場所はない、と告げた。私は大きな当たりくじを引いたのだ！　しかし、このくじを引き当てたことは、私にとってよかったのか？　はっきりした答えを出すことはできなかった。なお二、三日、この施設で過ごした。自分がここに九か月間滞在していたことを確認した。私はグラーフェンホーフに慣れてしまっていた。家で待っているのは何だろう？　母の容態は変わっていなかった、家族の絶望はさらに大きくなっていた。私は、家に帰れて本当に嬉しいわけではなかった、喜べるわけではもちろんなかった。私は少しも期待されていなかったのだ、もちろん。母の死との戦いは頂点に近づいていて、私のための時間などなかった。記憶にあった家族の状態は破局的なものだったが、今ではすべてがなお悪化していて、みんな、今にも倒れそうであった。真実を言わねばならないとき、伝えねばならないとき、言葉は役に立たない。言葉は、書き手におおよそのところまでしか、対象への常に絶望的で、それゆえまた疑わしい接近しか許さない。言葉はただ、改竄《かいざん》された信憑性を、愕然とするほど歪められたものを再現するばかりだ。書き手がどれほど骨を折ってみたところで、言葉はすべてを抑え込み、ずらし、紙に書いた完全なる真実を嘘にしてしまう。私は再び地獄へ、反対方向にある地獄へと旅していた。退院した結核患者は、健康になって退院した場合でも管轄の医務官に診てもらうことが義務づけられており、検査所に痰を持って行く義務があった。私は自分の痰を持って先に検査所に行った。検査結果を取りに行ったとき、あなたは感染性です、開放性の結核に罹患しているので、ただちに病院に行きなさい、すぐ隔離されねばなりません、と女性の検査技師たちに言われた。間違いはありえません、と。グラーフェンホーフを、健康になって放免された二日後の今、私は開放性の結核だった、つまり、私の肺には恐れていた穴が、いつも一番心配していた空洞が、できていた。私は家に帰り、自分が「開放性結核」を患っていて、ただちに入院しなければならないことを伝えた。本来ならこの知らせが引き起こした筈の効果を生むことはなかった。もちろん、私など周縁の問題でしかなかったから。病気なのは母であり、私ではなかったのだ。住居の狭い一隅、つまり台所で、祖母と後見人と私の三人で食事を摂ったあと、私が使った食器はただちに煮沸された。そして私は、最低限必要な二、三のものを脇に抱えて病院に向かった。母には真実を伏せておくことが決められた。病院には歩いて行くことができた。ほんの二、三百メートルでしかなかったから。呼吸器科は複数のバラックに入っていて、それらのバラックから発散される腐ったにおいで、遠くからもうそれと分かった。そこには肺癌患者たちの寝ているベッドが並び、窓やドアは開け放たれたままだったから、凄まじいにおいが大気に混じっていたのだ。だが、においには慣れた。私には「気胸」、人工気胸《プノイモトラックス》が作られて、二、三日すると再び退院となったが、「即刻」グラーフェンホーフへ行けと指示された。出発は遅れ、数週間は自宅に留まらなければならなかった。この期間、週に一度くらいの決まった間隔をあけて、パリス・ロードロン通りの右から二番目の建物にある、市でもっとも有名な肺専門医の診察室を訪れ、気胸を充填してもらった。患者が診察室のベッドに横になると、細い管を通して患者の横隔膜と肺翼のあいだに空気が充填される。病んだ肺翼、穴を、こうしたやり方で締め付けて塞ぎ、治癒させようというのだ。私はもう何度もこの処置を見たことがあった。それは始めだけ痛みを伴うが、そのうち慣れて、患者は当たり前のことと感じる。それは習慣になってしまい、いつも不安を伴うとはいえ、処置が終わるころには、根拠のない不安であったことを悟る。とはいえ、いつも根拠がなかったわけではないことを、まもなく私は経験することになった。ある日、声望が高いだけでなく教授でもあったこの医者は、私に空気を充填しながら、その真っ最中に電話を掛けに行った。その間私は診察室のベッドに寝ていて、胸にはチューブが入ったままだった。医者は電話で料理女に昼食は何かと尋ね、自分の希望を伝えていた。長いこと、ネギとバターについて、ジャガイモにするかどうかについて、ああだこうだと議論したあと、医者は電話を終え、診察室のベッドに横たわっている患者のもとに戻ってきた。彼は、私の中になお大量の空気を入れると、いつものようにレントゲン照射機の後ろに行くよう私を促した。レントゲンで見てはじめて、空気が体に行き渡ったことを確認できるのだ。もちろん、起き上がるためにはいつも労力が必要で、痛みがないというわけではまったくなかった。ゆっくりとではあったが、私はレントゲン照射機の後ろに向かった。しかし、言われたとおりの位置についた途端、咳の発作に襲われ、気を失った。耳には辛うじて教授の声が聞こえた。「大変だ、二つ目の気胸を作ってしまった」。そのあと私は、部屋の隅にあったソファに自分が寝かされていることに気づいた。気絶していたのはたいして長い時間ではなかったのだろう。助手が待合室にいた人たちを追い払っている声が聞こえた。待っていた人たちがみんな出て行ったあと、私と教授、その女助手だけになった。動こうとすると必ず、また恐ろしい咳の発作が起こった。その一方、ほとんど息ができなかった。死ぬのではないかと怖くなり、よりによってこんなところで、この陰気で黴《かび》臭い、このひどく古くて冷たい診察室で、私にとって大切な人たちの誰にも看取られず、私を苦しめる素人臭い人たちの恐ろしい視線と、ゾッとさせるような振舞いに耐えながら死なねばならないのは本当に怖い、と思った。それだけではない、教授は私の前に跪《ひざまず》き、両手を組み合わせて、「あなたをどうしたらいいでしょうね？」と言ったのだ。これは真実だ。どれだけの時間この状態でソファに横たわっていたか、もう思い出せない。いずれにせよ私はある時点から、また立ち上がれるようになって、診察室を出ることができた。そして私は、医者と助手の反対を押し切り、医院の入っていた建物を四階から下まで降りて、外に出た。医者も助手もまったく途方に暮れ、愕然としている様子だった。あとで考えてみて分かったのだが、私は下に降りたあと街路に出ると、いわゆるトロリーバス[*1]に乗って家に帰ったのだ。家ではきっとまた気を失ったのだろう。自分では分からないが、家族はそう言っていたし、すぐに私を病院に連れて行った。二、三週間前に訪れ、よく知っていた呼吸器科のあのバラックに私を連れ戻したのだ。すると、あの教授がすぐこの病院に現れて、「何も特別なこと」

＊1　ザルツブルクの市内交通には地下鉄や路面電車はなく、路線バスの大半は排ガスの出ないトロリーバス（O-Bus）である。

は起こらなかった、と私に納得させようとした。それをはっきりと何度も、興奮しながら、意地悪な眼差しを私に向けながら言った。それはまさしく脅迫だった。こうして、私の体に作られたばかりの気胸は駄目になってしまい（教授が食事を注文したときの議論がその原因だった！）、何か新しいものを見つけなければならなくなった。それで、いわゆる「腹膜気胸」、つまりお腹に気胸を作ることになった。臍《へそ》の上、体の真ん中に空気を入れ、両方の肺翼を下から上へと同時に圧迫するという、まだほとんど試されたことのない、当時珍しい方法で、グラーフェンホーフにいたときでさえ私自身聞いたことのない方法だった。教授は取るに足りない電話で私の気胸を台無しにし、とにかく私をとても危険な状況に置いたのだ。しかし、腹膜気胸はまず横隔膜の活動をしばらくの期間、少なくとも数年のあいだは止まるようにしておかないと、作ることができない。この目的のため、いわゆる横隔神経を分断しなければならないのだが、そのためには完全に意識がある状態で鎖骨の上部を切開する手術が必要だった。というのは、手術のあいだ手術者と患者のあいだで意思疎通ができなければならなかったのだ。近日中に横隔神経の手術がなされる、それは神経を圧し潰す処置であり、切断するのではない、圧し潰す処置は最新の方法であり、これまでほとんど例がない、横隔膜は数年間機能しなくなるが、今まで実践されてきたような完全な切断と違い、横隔神経が潰されただけだからあとで元に戻る、この外科的処置は些細なものであり、手術というほどではない、と告げられた。単なる外科的処置で、医学的には取るに足らぬものなのだ、と。この処置は私が自ら行うとしよう、と部長である医師は断言した。しばらくして私は、この医師が私の祖父を担当していた当人であることに気づいて、愕然とした。つまり、祖父のパンパンに膨張して閉塞した膀胱を癌と間違えて祖父の死を招いてしまったのは、この人だったのだ。あの医学的過失からまだ二、三か月しか経っていなかったけれど、私には今、自分に対してなされるべきこと、なされねばならないことのすべてに同意する以外、選択肢がなかった。もちろん私は実際、肺外科についてこれっぽっちの知識も持っていよう筈がなかった。どこからそんな知識が得られるというのだろう。今は、他人が自分の体に施そうとしていることすべてに従わねばならなかった。私は、驚き愕然とした人間の無感動な心持ちで、何もかも起こるがままにしておいた。呼吸器科のバラックでも大部屋に寝かせられたが、そこには、初めて内科病棟に入院したとき見たのと同じ鉄製のベッドが、少なくとも一ダースはあった。すべて、既知のものばかりだった。ただ、呼吸器外科はどんな残酷さを特徴としているのか、まずは探ってみなければならない。そのためのもっともよい機会がここにはあった。戦時中に建てられたこのバラックは、いわゆる州立病院の他の建物から完全に隔絶され、荒れるがままの状態で、廊下に入るときは顔の前にハンカチをあてずにはいられなかったが、それは癌患者の臭気がものすごくて、直接息を吸い込むのが不可能だったからだ。廊下ではネズミを目撃することもよくあったが、床の上を掠めるように素早く走るこの太った動物にも、誰もがすぐ慣れてしまった。今でも覚えている。私があてがわれたベッドは若い男の患者の隣で、幸運にも大きな、ほとんどいつも開けっ放しにされた窓のそばだった。隣の若者は、つい最近まで競輪選手をしていたのに、今、二十歳という年齢で肺を破壊され、ベッドに寝て、昼も夜も天井に走る亀裂を目で追いかけていた。もう幾つもの国際試合に出ていたが、最近の試合で倒れ、病院に運び込まれたのだ。自分が重い肺の病を患い末期だということを、彼は信じることができなかった。ほんの数週間前まではよく知られた、いわゆるトップクラスの選手だったのだから。ハルアインの生まれで、見舞いに来た親類たちは彼の人生の悲しいなりゆきに呆然としていた。この若者から幻想を奪いたくなかったので、私は、知っていることを彼には話さないことに決めていた。彼は、すぐまた退院できると信じていたけれど、現実とは恐ろしいものであることが明らかとなった。ある朝、手術のために連れて行かれたまま、戻って来なかったのだ。母親が来て、ナイトテーブルに彼が残していった持ち物を鞄に詰めていたのを覚えている。私の外科的処置は二、三日先延ばしになり、私には病院の敷地をあちこち探検する時間ができた。以前、何週間もこの病院に入院していたが、内科の大病室に入れられいつも同じ環境の中でベッドに寝ていたから、院内を熟知するには至らず、内科病棟の一部のほか、何も目にすることはなかった。しかし今、病院全体を視野のうちに収めた。もちろん私は、祖父が入院して二月にそこで亡くなったあの部局を訪れた。部長がいる外科病棟に足を踏み入れたとき、医学に対するひどい嫌悪感を抑えきれず、すべての医者への憎しみで胸がいっぱいになった。ここで、この狭くて薄暗い廊下で、ある日あの医者は祖母に近づいてきて、自分が誤りを犯したことを打ち明けたのだ。「腹部の腫瘍」は実のところ、閉塞して破裂せんばかりに膨らんだ膀胱だった、その膨張した膀胱が祖父の体を毒で汚染し、死に至ったのだということを。私は外科病棟を出て、いわゆるギネ、婦人科に行った。そこで母は子宮の摘出手術を受けたのだが、助かるには一年遅過ぎたのだ。ひどく意気消沈して私は、この零落した医学の牙城を探検し続ける気持ちを失った。自分のベッドに横たわり、ひたすら眠り、わずかな栄養を摂取して、横隔神経を潰す外科的処置が予定されていた時を、じっと待った。この処置を受ける以前にも、医者たちには何度も苦しめられていたが、それでもまだ、手術を受けたことはなかった。朝早く、いわゆる鎮静剤、巷に言う「どうでもよくなる注射」を打たれたあと、私は今、自分の周りで進行するなりゆきをひどく厳《おごそ》かな気持ちで眺めていた。ベッドから持ち上げられ、車に載せられてバラックの外に搬出され、外科病棟に運び込まれた。注射の作用で酩酊した者は、ほんの数秒もするとそれまでのびくびくした被害者から、とても静かに進行する劇を興味深そうに眺める観察者となり、この劇では自分が主役なのだと考える。すべては軽く、快くなり、すべては最大級の信頼と自己信頼のうちに行われ、聞こえる音は音楽となり、聞こえる言葉は酩酊した者を落ち着かせる。何もかも複雑なところがなくて、恵み深い。

不安のスイッチは切られ、いずれの抵抗もやんでいる。酩酊した者は、そのひどく用心深い態度を、どうにでもなれという鷹揚な態度に転換した。手術室では今、医者や看護婦がすることへの関心が高まり、最大の信頼感があった。限りない落ち着きと柔和な心持ちが支配し、何もかも、ごくごく身近なことさえ、最大限遠くへと退いてしまった。既に手術台の上に寝かせられている犠牲者は、すべてを最大の平常心で知覚する、それどころか、心地よくすら感じているのだ。自分の上にある複数の顔を覗き込もうとしてみるが、それらの顔はぼんやりぼやけており、手術台に寝ている者には声が聞こえ、装置の立てる音、水のさらさらさら言う音が聞こえる。今、僕はベルトに繋がれたな、と私は考える。執刀医が命令する。二人の看護婦、だろうと思うが、彼女らは私の横に立ち、脈をとるため私の両手を掴む。医師は、「息をして」と言ったかと思うとまた、「息を止めて」と言い、そのあとまた「息をして」、そしてまた「息を止めて」。私は彼の命令に従うことができる。私には分かる、今、メスを入れたな、今、肉を開いて、動脈が両側へぎゅっと寄せられ、医者は鎖骨のあたりをひっ掻いている、さらに深く、さらに深く深くメスを入れる、医者はあれを要求し、これを要求して、一つを捨て、別のものが渡される、その後もずっと、始めと同じこの限りない落ち着きが支配する。再び私には、「息を吸って」、「止めて」、「吸って」という声が聞こえ、「そのまま止めて」、「ゆっくり吐いて」、「また普通に息をして」、「そのまま止めて」、「吐いて」、「吸って」、「そのまま息を止めて」、「また普通に息をして」という声がする。私には執刀医の声しか聞こえず、看護婦たちの声は何も聞こえない、そしてまた、「吸って」、「吐いて」、「そのまま止めて」、「吐いて」、「吸って」。私はこの命令に慣れたし、この命令を精確に実行しようとし、それがうまくいく。突然、私の意識は希薄になり、朦朧としてくる。本当に突然、血が体からすっかり流れ出ていくかのようだ。それと同時に看護婦たちが、握っていた私の手首を離し、両腕はだらりと下に落ちる。「なんたることだ！」という医師の叫びが聞こえる。器具が床に落ち、機器がガタガタ音を立てる。今、死ぬのか、と考える、終わりだ、と。そのあと、再び自分の肩がぐいと引っ張られているのを感じる、すべてどんよりした感覚で、痛くはない、すべてはひどく残酷だが、痛みはない、私はまた息をすることができる、今までしばらくのあいだ息が止まっていたのだということが分かった。私はまた戻ってきたのだ、状態が良くなっていく、助かったのだ。「ゆっくり吸って」、という声が聞こえる。「ごくゆっくり吸って」、そしてまた、「吐いて」、「息を止めて」、「吐いて」、「吸って」、「吐いて」。そして手術が終わる。手首を固定していたベルトは解かれ、慎重に、ごくゆっくりと、上体が起こされた。再び医師の「ゆっくり、ごくゆっくり」という声が聞こえる、両脚が固定器具から解放され、今は床へ垂れ下がっているのが見える。それが、二人の看護婦に上体を起こされる際、ほんの一瞬、見えたのだ。視界には入らない開いたままの傷口から、沢山の鋏が私の胸の上に垂れ下がり、殺菌のための器具が私のほうへと近づけられる。そしてまた横に寝かせられ、私が何も見ないよう顔に布が被せられ、傷口が縫い合わされる。その前に私は、床の上に一リットルくらいの血が、血の染み込んだ沢山のガーゼの切れと脱脂綿があることに気づいていた。何が起こったのだろう？　何かが起こったのだ。でも助かった、と思った。顔から布が取り払われ、車輪の付いたベッドに寝かせられ、半分眠ったような状態のまま、呼吸器科のバラックに戻される。私には影しか見えなかったし、何一つはっきり知覚することはできなかった。手術は終わったのだ、と考える。窓際のベッドに横になり、眠りにつく。目を覚ますと、まもなく執刀医であった部長が現れた。半日ほどが経っていて、昼食の時間だった。医者は、うまくいったよ、何にも起こらなかった、と言った。「何にも」という言葉をはっきり強調して発音した。この「何にも」という言葉が今も耳に残っている。だが、何かが起こったのだ、と思ったし、今でもそう思う。しかし私は助かった、私は初めての手術を乗り越えたのだ。私の横隔神経は圧し潰されており、気腹は一週間後に作りつけることができた。傷が予想外に速く治癒したからだ。予想外に、というのは、これまでの私の観察では、私の体にできた傷はゆっくりと、ごく困難な条件のもとでしか治癒しないように思えたからだった。今度は、お腹の真ん中に穴が穿たれる、臍の上に、指二本分の幅の穴をあけるのだ。そしてこのお腹に、できるだけ多くの空気が注入される。それによって肺翼が圧迫され、右肺の下部にできている結核の洞を塞いでくれる筈なのだ。私は、この事実に対する心の準備が充分できていたかというと、そうとは言えない、急に私は、気腹を入れるのが怖くなった。それがどんなものなのか、それを私に入れる役割になっていた指導医が説明してくれた。説明によるとそれは自転車の車輪に空気を充填するのと同じくらい簡単なことで、説明はもったいぶることのない、ごく普通の調子でなされた。恐ろしいこと、不気味なことについて指導医が語るときはいつも、ただの日常茶飯という口調で語るものだ。指導医は私に、こうした気腹は今の時点では全オーストリアにほんの二、三例しかないし、ついでに言えば彼自身、これまで三人の患者にしか作ったことがないけれど、自分には少しも難しくはなく、ごく簡単なことだ、と言った。私は自分の窓際のベッドに横たわったまま、鎖骨の辺にある傷が比較的早く治っていく様子を観察していた。家は遠くはなかったから、弟妹も含め家族のみんなが面会に来てくれて、死と格闘する母の様子を報告してくれた。母の状況はなかなか終わりに達することがない、と言った。家族は母の死を望んでいた。もう母の苦しみを見ていられなかったからだ。母自身、ほかの何にもまして自らの死を待ち望んでいた。私は母への挨拶を言づて、母は私への挨拶を伝えさせた。当時、家族のみんながどれほど恐ろしい状況に置かれていたか、私はまったく意識することがなかった。彼らは私に会うため、死病に取りつかれた母を家においで呼吸器科のバラックに来たのだし、死病に取りつかれた母のもとに帰るため、私を呼吸器科のバラックにおいていったのだ。こうして家族が自分たちの身を滅ぼさんばかりであったということ、それを私が完全に洞察できたのは、あとになってからのことだ。呼吸器科のバラックに寝ていた私の気を紛らすため、家族は分厚い本を持って来てくれた。不幸なことにそれは、ヴェルフェルの『ムサ・ダーの四十日』だった。私はその本を読もうとしたが、退屈なもので、何頁も読み進めたのに、何が書いてあったのか理解できずにいる自分に気がついた。その本は少しも興味を引かなかった。それに重過ぎた。私は力が弱っていて、持ち続けることができなかったから、本はナイトテーブルの上で埃をかぶることになった。ほとんどの時間私は黙ったまま身動きせず、病室の天井を眺めながら、いろいろな関心ばかりを募らせ、空想を巡らせていた。最後はまたグラーフェンホーフに行き着くのだ、と思った。でも今度は、まったく違う前提であそこに帰ることになる。本物の肺病病みとして、陽性の、そこに属すべき者として。私は自分の状況をはっきり把握しようとした。気腹というものはこれまでグラーフェンホーフになかった。それは知っていた。私は療養所に特別なもの、前代未聞のものを持って帰るのだ。いずれにしろ、グラーフェンホーフへの二度目の登場は、最初の登場とはまったく違ったものとなるだろう。私は、自分がグラーフェンホーフへ戻るときの様子を想像した。患者たちも医者たちも、どんなに驚くことか、どんなふうに反応するだろうか。彼らは誤っていたし、それによって私をも誤らせた、私を健常者として退所させたのだ。死病に囚われていたというのに。どんなふうにして彼らは私の目を見るだろう、何と言うだろう。自分はどう振舞おうか、と自問した。状況に任せよう。私を診療した医者はみんな失敗したのではなかったか？　私は彼らの手に委ねられていた。彼らはいつも何かを見ていたが、彼らが見たものは正しいものではなかった。彼らが見ていたのは、そこにはまったくないものだった。彼らには何にも見えていなかった。何かがあったというのに。そしてまた逆の言い方もできる。家族のみんなは、面会に来た際ずっと鼻と口にハンカチを当てていたから、この状態で話をするのは困難だった。どんな会話をしたのだろう？「調子はどうだい？」と彼らは訊いた。「お母さんの具合は？」と私は尋ねた。マックスグラーンの墓地で、作られたばかりの墓に眠っている祖父、カトリック教会が当初墓の提供を拒み、その後、名誉市民として埋葬されることになった祖父のことは、触れてはならぬ話題であり、死というテーマ、終わり、最終的なものについて、私たちは触れようとしなかった。曇った蒸し暑いある朝、私が外科病棟へ渡っていくと、指導医が私を待っていた。彼は体重が重そうで、横幅があり、大きな手をしていた。医療助手はおらず、ひとりだった。私は仰向けに寝て待っていなければならなかった。指導医は私のお腹の、臍の上あたりに筆で印をつけると、何の前触れもなく全体重をかけて私の上にのしかかり、腹部を覆う肉を一瞬で刺し貫いた。彼は満足そうに私を見ると、つぶやくように「成功だ」と言った。私には、空気が自分の体に流れ込む音が聞こえ、これ以上もう入る余地がなくなるまで、その音は続いた。もちろん、この一連の処置が終わったあと私は起き上がることができず、車輪付きのベッドに載せられ、一人の看護婦の手で呼吸器科のバラックまで戻された。お腹に空気を入れた日付には、「気腹オペ！」と記された。これもまた、乗り越えたのだ。気腹というのは普通にはないもので、とても特別なものだったから、自分がそうした特別な存在であるかのように私は感じた。それがどんなものか知りたいと言う人には説明してやった、どうやってそれを体に入れ、そのためにどんな準備が必要かということを。私はその効果についても、どんな危険があるのかということも知っていた。充填が終わると注入された空気は体中、入れるところならどこにでも侵入して、皮膚の下を、首の中や顎の下までのぼって来たから、僕は破裂するに違いない、と私は思い、騙《だま》されたように感じた。新たなペテンにかけられ、実験台にされたのだ、と。私は凝固したように黙って家族のみんなを迎え、話すことができなかった。みんなは来たときよりなお意気消沈して帰ることになった。家族が母の容態について語るのを聴いてはいたが、私は反応を示すことがなく、彼らは踵《きびす》を返して去って行った。規則的に、およそ二週間に一度、お腹を覆う肉に穴が穿たれ、正確に測った量の空気が私の中に充填された。その不快さはずっと変わることがなかった。いつも、注入に向かうときは歩いていけたのに、帰りは車輪の付いた担架に載せられ、運搬されねばならなかった。それでも注入処置を終えたあとそうやって運搬されながら、呼吸器科のバラックの廊下を通るたび、よかった、と思わずにはいられなかった。私はただ気腹を入れているだけ、肺に空洞が一つあるだけ、感染性の結核を患っているだけであって、ドアの開いたこれらの病室に寝ている患者たち、通りがかりに覗くことのできた患者たちとは違い、肺癌ではなかったのだから。ベッドに横たわりながら苦しみ続けている彼らの声は相当に小さく、苦しみから解放されると彼らは、あの悪名高いトタンの棺に入れられて、私たちのそばを通って搬出される。それが毎日の光景だった。こんな環境の中で母を死なせてはならない、と思ったし、母は家にいたから、よかったと思った。死病にとり憑かれた患者は可能なら家にいるべきなのだ、家で死ぬべきなのだ、病院だけはよくない、同じような患者の中に混じって死んではならない、それ以上ひどいことはないのだから。私は、私の後見人が祖母と一緒に家で最期まで母の面倒を見てくれたことを決して忘れまい。バラックの建物は戦争中に建てられたもので、ずっと前からひどく荒《すさ》んだ状態にあった。もはや一部分さえ修繕されることはなく、致命的な血痰を吐いて社会からはじき出された肺病患者たちにはうってつけに見えた。これらのバラックは恐れられていて、自分から足を踏み入れようとする者はなかった。一般病棟から呼吸器病棟に通ずる道は柵で遮断され、ここにもそこら中に「立入禁止！」の掲示があった。バラックの建てられた場所はうまく選定されており、病院の敷地の後方、離れた場所であった。開いたままの窓を通して遠くから道路を走る車やバスの音が聞こえた。シェルツハウザーフェルト団地のポドラハの店へ、ほんの一年前まで私が通っていた道が、バラックから五十メートルも離れていないところを走っていた。見習い修業に通った道だ。当時この道を歩きながら、藪に隠れたバラックに、まったく気づかなかった。店に着くのが遅くならないよう、いつも非常な速さでこの区間を通り過ぎていて、一度も目にとまったことはなかった。私は店と、ポドラハと、シェルツハウザーフェルト団地とそこの住民たちを懐かしく思った。彼らのうちの誰も、私がその後どうなったのかを知らない。ポドラハにはただ葉書で短く、商人見習の試験に合格したことを伝えた。「心からの挨拶とともに」と書き添えて。あれからポドラハには会っていなかった。ポドラハはきっと雇用者リストから私の名前を消したに違いない。肺病患者を使うことはできないのだ、客が近寄らなくなるから。ポドラハに法律違反をさせることにもなってしまう。ギムナジウムから飛び出したのは、何のためだったのか？　家族や学校に対して、家族や学校にまつわることすべてに対して抗ったのは？　何も見えずに愚鈍へとなびく社会、そうした普通の社会を嫌ったのは何のためだったのか？　ライヒェンハル通りで踵を返し、反対方向へ向かったのは何のためだったのか？　私は、すべてにおいて跳ね返された。まるで全世界が結託して私の行く手を阻もうとしているかのように。戦争が終わったあと、私たちはラデツキー通りでひっそりと小市民的な生活を送れると考えていた。その私たちに対して、全世界が結託し、立ちはだかっているかのようだった。ギムナジウムから飛び出したこと、見習い店員としての仕事、音楽の勉強、こうした形で現れた自分の反骨心が、次第に狂気へと、グロテスクな誇大妄想へとエスカレートしていったのを、私は見た。私はイアーゴ[*1]を歌おうとしていたのだ、ところが今、十八歳という年齢でお腹に空気を入れ、呼吸器科のバラックに寝ていた。これは私という人間に対する嘲笑でしかありえなかった。しかし結局、それでも私はあの競輪選手の運命からは免れていたのだ。そして、ここから十歩しか離れていないところに寝ている人々とは違い、肺癌ではなかった。彼らは夜になるとときおり、痛みの概念を凌駕する途方もない痛みの叫びをあげ、くさいにおいで私の吸う空気を汚染した。私のほうが遥かに恵まれていたのだ。私はまだ、死の候補生ではなかった。私は自分を、希望の潰えた終わった人間と考える必要はなかったのだ。こんな風に幾日も、幾週間も物想いに耽り、自分の体が変化していることに愕然とした。お腹に入れた空気が私の体を完全に、これ以上ないくらいに感じやすく、また不格好にしてしまい、自分であちこち触ってみると、いつも肌の下に空気があることを感じた。今や私は一個の空気枕だった。見たことのない発疹が全身にできたが、医者たちは少しも驚かなかった。赤灰色の発疹で、

＊1　シェークスピアの『オセロー』を原作とするジュゼッペ・ヴェルディのオペラ『オテロ』の主要登場人物の一人。バリトン歌手が歌う。主人公オテロを奸計によって陥れようとする陰謀家。

ずっと呑み続けていた薬の副作用だった。私には間断なくストレプトマイシンが、今は相応の分量、投与された。州立病院にはそれができたのだ。ここでは必要性という理由だけが効力を持ち、グラーフェンホーフにあったようなおかしな優遇はなかった。いわゆるＰＡＳ*1を呑まされた。毎週、一キロ缶に入れられた何百もの黄白色の錠剤がベッドのそばに置かれた。副作用でほぼ完全に食欲が失せた。ほかにも様々なものがこの数週間、数か月のあいだに投与され、注射されたが、それらが何であったか、もう思い出せない。ときおり私は昼日中に、疲れ切って居眠りしていたとき、大きな、太った鳩の気配にびっくりして目を覚ました。鳩は私のベッドの毛布の上に降りてきていた。私は鳩が嫌いだった。汚れがこびりついていて、甘ったるいにおいを発散していたし、飛び立つとき、顔の前で埃を巻き上げた。死の使者だと思った。祖父も鳩が嫌いで、鳩は病を媒介すると言っていた。以前からずっと、鳩は醜くて馬鹿だと思っていたが、その鳩がずうずうしくそこら中のベッドに舞い降りてすべてを汚していたのだ。手で追い払うとき、吐気がした。私は、起き上がって二、三歩歩くことができるようになったとき、一番近くにある癌患者の病室を覗いてみた。驚いたことにそこの患者はなんと、喫煙していた。死病に冒された人たち、骸骨のように痩せて、腐ったにおいを巻き散らしている人たちが、自分のベッドに腰かけて、紙煙草を喫《す》っていたのだ。病気の腐臭が紙煙草の煙に混じり、ひどく残酷なにおいを生んでいた。今、この人たちは煙草を喫っているけれど、二、三日もしたらいなくなる、運び出され、土に埋められるのだ、と思った。ヴィンセンシオ会の女たちがまるで当たり前のように、今しがた死んだ患者の衣を剝ぎ、その体を浄めて再び衣を着せている様子を見るたびに、私は考えた、こんな仕事がやれるなんて、どんなにか感覚が鈍くなっていることだろう、いや、どれほど徹底的に自己を否定し、自己を放棄していることだろう、と。私には、このヒロインたちを讃える勇気はなかったし、讃えることを恐れた。一つの人生が終わると、あとに残された人々はズボンと上着と汚れた洗濯物を集め、それらを腕に掛けて立ち去る。それはいつも同じ光景だったけれど、いつも、最初に見たときと同じように私を虜にした。いつも、この光景は私を跳ね返すと同時に惹きつけた。観察の凄まじい鮮烈さが、いつも、初めてのように私を驚かした。一つの生命は、それがどれほど途方もない素質を持っていたものであれ、どれほど途方もない発展を遂げることができたもの、あるいはそのように発展せざるを得なかったものであれ、あとに残された人々の目の前で、

＊1　パラアミノサリチル酸（Paraaminosalicylsäure）の略、4-アミノサリチル酸に同じ。結核治療に用いられた抗生物質であり、ストレプトマイシンと併用される。

腐った肉の塊となってしまう。骨と皮のみで辛うじて一つにまとまっている塊だ。生命、存在は、それが最後にいた一隅にこの腐った肉塊を投げ捨てて、いなくなる。どこへ消えたのか、謎だ。この謎に深入りはすまい。私は、空気がお腹に入った状態でベッドに仰向けに寝て、医者だけでなく他の患者からも医学的特殊例と見做《みな》され、体を膨らませ、もとよりみすぼらしい状態で、今、これまでの人生で考えることのなかったことすべてをじっくり考えてみる時間があった。今の今までそこに分け入って考えようという勇気もなかった脈絡、自分を生産した人たちにまつわり、私自身にまつわる大きな関連性の中に、分け入って考えること、しかし前にも言ったが、骨折ってみてもただ、藪を大きくするばかりだった。私は闇をさらに暗くし、砂漠を広げた。父に関連する道筋を遡っていくと、まもなく行き止まりだった。二、三の枝分かれがあり、歴史の荒れ狂う嵐か絶対的無風状態の中で、二、三のぼんやりした姿がこちらに向かって来たが、近くに来るともう無の中へと消えていった。僕はそちらから何を受け継いだのだろう、こちらからは何を。どこからこの特性をもらったのだろう、あの特性はどこから？　私の底知れぬ深淵、私のメランコリー、私の絶望、私の音楽性、私の倒錯性、私の粗暴さ、私の感傷的屈折は、どこから来たのか？　一方では絶対的自信を持ち、他方ではすさまじいほど途方に暮れている、この明らかな性格的弱さは、何に由来するのか。今このとき、私の猜疑心がこれまでになく鋭敏なのはなぜなのか？　私が知っているのは、父がある日、すべてを捨てる決心をしたということだ。自分にとって故郷であったもの、おそらく私の場合と同様、自分に無理やり押しつけられたもの、信じ込まされたもののすべて、自分を圧殺するため、鉄頭巾のように頭に被せられたこの故郷というものから、永久に、金輪際自分を解き放ち、立ち去る決心をしたということ、すべてを捨てる決断をし、この決断を最後まで遂行したということだ。父は、両親の家に火をつけると、身にまとったもののほか何にも持たずに家を出て、駅の方へと向かった。噂によれば、父はよく計算したうえで火をつけたのだという。火が、ちょうど最高潮に燃え上がる様子を見られるように、つまり、自分を乗せた列車が発車して、故郷を遠ざかって行くちょうどその数分間に火が最高潮に燃え上がるように、計算していたのだ。聞いたところでは、この正確な計算に狂いはなかった。父は、自分が火をつけた両親の家、自分の財産であるその家が、火に包まれるのを楽しむことができた。両親の家が燃え上がるのを見たことで、父は、故郷のみならず、そもそも（自分にとっての）故郷という概念を消し去った。父は自分の行為を決して悔いることがなかった。父は四十三歳までしか生きなかったし、私は父に関してこの物語以外は、ほとんど何にも知らない、一度も会ったことがないのだ。母はバーゼルで生まれた。バーゼル大学に祖父が学籍を置いていたからだった。祖母は、自分の夫と子供たちをザルツブルクに置き去りにして、当時社会主義思想にどっぷり染まっていたこの学生を追いかけて、スイスまでやって来た。二人はそれから一生離れることなく一緒に暮らし、一緒に生きて、四十年が過ぎたあと、ようやく結婚した。母がまだ一歳にもならないころにはもうこの小さい子供を連れて、ドイツ国内をあちこち転々としていた。社会主義思想のゆえだった。呼びかけて行進することが、当時の合言葉であり、祖父の合言葉だった。家族の誰一人として同じ場所で生まれた者はない。このことは、ほかの何にもましてこの一家が一定の場所に落ち着くことがなかったことを証しており、それがこの一家にとって生涯続いた必然であって、特徴でもあったのだ。そして最終的に定住したいと思い、定住がようやく確かなものとなり、一つのところに引っ込んで、うまく定住生活に入り、それが軌道に乗り始めたとき、病と死がやって来た。彼らの自己欺瞞は今、その仕返しを受けたのだ。どれほど沢山のことを私は今、母に言いたかったことだろう、どれほど決定的なことを、母に尋ねたかったことだろう、今となってはもう遅かった。おそらく母はもう、私の問いを受容できる人ではなかった。今ではおそらく、私の話すことを聞く耳を持っていなかった。私たちは問うことを先延ばしにする、私たち自身、その問いを恐れているから。そしてあるときを境に、問うにはもう遅過ぎるということになってしまうのだ。問うべき人をそっとしておいてあげたい、その人を深く傷つけたくはない、それゆえ私たちは尋ねない、私たち自身そっとしておいて欲しいし、自分を深く傷つけたくはないから。私たちは決定的問いを先延ばしにする、休みなく無駄な、低俗な、馬鹿馬鹿しい問いを設定することによって。そして私たちが決定的な問いを口にするときには、もう遅過ぎるのだ。生涯のあいだ私たちは大きな問いを先延ばしにし、そうした問いが山積みとなり、ついには山脈のようになってその陰が私たちを覆う。だが、そうなってはもう遅過ぎる。勇気を持つべきなのだ(問うべき人たちに対して、そして自分自身に対しても)。彼らを容赦なく、仮借なく問いで苦しめなくてはならない、彼らをいたわってはならない、いたわることで彼らを騙してはならないのだ。私たちは、問うべき相手が、問いに対してもはや聞く耳を持たなくなったとき、死んでしまったとき、問わなかったことすべてを後悔する。しかし、私たちがすべての問いを口にしたとして、一つでも答えを得られただろうか? 私たちはその答えを受け入れようとしない、いかなる答えも受け入れようとはしない、受け入れることはできないし、受け入れてはならない、そのように私たちの感情と精神の状態はできているし、それが私たちの馬鹿らしいシステムであり、そのように私たちの存在、私たちの悪夢はできているのだ。私はこれから自分の身に起こるであろうこと、母の死を、既に自明のこととして予想していた。母の死がもたらすであろうものを、ごく細部までこの目で観察して、既に葬儀のありさまを思い浮かべていた。私に対しては何が語られるのか、聞こえていたし、何が口に出さずに済まされるのか、分かっていた、すべてを眼前に見ていたが、それでもそれを認めたくはなかった。終戦後の、何にも気を遣っていられない状況の中で、家族が母をおし潰したのだ、と思った。彼女の父の死は彼女の病の進行を早めた。まだ、母からの伝言は届いていた。私のこれからの人生を規定する、慎重な、しつこくはない提案が増えていった。母は私の弟妹たち、つまりこのとき九歳だった弟と七歳の妹を、自分の最期には立ち会わせないことに決めた。子供たちは証人になってはならなかった。自分の母親が死ぬのを見てはならなかった。妹はスペインに、弟はイタリアに送られた。母自身が、自らの死の準備をしていた、彼女自身がすべてを決定したのだ。母は、死病に関するすべての没趣味に抗ったし、同情を拒んだ。父の人生が終わったことで、私の人生も終わったのよ、母はごく落ち着いた様子で、そう言ったという。私は、もう母に会うことはないだろうと思っていた。お腹に空気を入れた状態でベッドに横たわっているから、母に会うことはもうないだろう、と。だが、まだ会う機会はあった。私は病院から家に帰ることが許された。二日後には再びグラーフェンホーフに行くよう指示されていた。紹介状は既に鞄の中にあった。私は母のベッドのそばに座ったが、もはや会話にはならなかった。母の意識ははっきりしてはいたけれど、話したことの何もかもがおかしなものに思えた。私には、自分の持ち物をすべてアメリカ製シーサックに詰め込むだけの時間がなかった。私の後見人と祖母は疲労困憊《こんぱい》していた。母はまだ生きていたのに、まだここにいたのに、住まいの中にはもう、母がいなくなったあとの空虚が支配している、みんながそう感じていた。私たちはキッチンの肘掛椅子に座り、開いたままのドアに聞き耳を立てていたけれど、瀕死の母は静かだった。グラーフェンホーフに着くと、私は十二人部屋ではなく、中二階に幾つかある「ロッジャ」という病室に入れられた。驚いたことに、同じ病室には前に書いたあのいわゆる零落した博士、法学博士がいた。病状が由々しくなってきたため、ロッジャに移ったのだ。巨大なモミの木の陰になっていて、陽のささない部屋だった。私もまた、油断のならない容態だと診断され、ロッジャにしか入れてもらえなかった。病はこの間、私の体をさらに変化させていた。グラーフェンホーフを離れていたあいだに、私の体はグラーフェンホーフにいても少しも目立たない、ここに似つかわしいものとなっていた。今では体の浮腫《むく》んだ患者たちのグループに属した。気腹で膨れ上がり、体に詰め込まれたありとあらゆる薬のために顔が浮腫んでいた私は、ここでは不自然ではなく自然な存在として受けとめられ、相応に病的に見え、実際病気であり、まったく健康ではなかった。法学博士であり社会主義者であり、大衆の説教師であった彼、医者たちに憎まれ、十二人部屋にいるときにはしつこく社会主義を論じて私を放そうとしなかった彼は、今では私にマルクスやエンゲルスについてとつとつと教え、来るべき世界について彼の基本的に社会主義的な構想を開陳できる状態ではもはやなかった。寝たきりだということ、その当然の帰結として絶えず天井を凝視していなければならない状態に、甘んぜざるを得なかった。彼は、私が病院の呼吸器科のバラックにいたときよく知っていたのと同じ臭気を発散し、初めは特にこの臭気のため、同じ部屋に入ることをたじろがせた。だが、私はにおいに慣れたし、この間に博士の身に起こった悲しい変化にも慣れた。彼はもうレーテ共和国については何にも話さなくなり、ローザ・ルクセンブルクとカール・リープクネヒトの名前も決してもう口にすることはなかった。彼はまず、丸めた手の中に痰を吐き、吐いたものをそこから痰壺の中に落とすことを習慣としていたが、なかなかうまく行かなかった。苦労して長い時間かけて肺から痰を吸い上げることで、ゾッとするような音が生まれること、とりわけ夜中、彼が両方の肺から痰を吸い上げる音ばかりがひっきりなしに聞こえ、私の頭がおかしくなりそうだということなど、彼は気にも留めていなかった。ここで過ごした夜は、私の人生でもっとも長い夜だった。日に一度だけ、看護婦の介助で博士は起き上がり、体を洗ってもらった。もちろん当時まだ浴室といえるものはなく、壁に洗面盤が作り付けられているだけだった。そこに裸で、喉をゴホゴホ言わせながら立って、敗者である彼は文句も言わず体を拭いてもらった。この作業のためにあっという間に疲れ、体力を消耗し尽くした彼は、もとどおりベッドに横にされるとすぐ眠り込んだ。それで今度は私が起き上がり、体を洗うことができた。背後で、もはやほとんど機能していないボロボロの肺から漏れる、重い呼吸の音が聞こえた。私はひとりの理想主義者、社会主義者、革命家の終わりを体験した。世間は、この人にふさわしい罰を選び出したのだ。十二人部屋にいたとき彼が医者ばかりでなくカトリックの看護婦たちからも容赦なく叱責されていたことを思い出した。あれは、彼の人格への蔑みから来ていた。しかもその蔑みは、何ごとにつけ自分は教養ある文化人だと言い張っている人たちによるものだったのだ。私が記憶するかぎり規律違反など犯したことがないこの博士に対し、医者たちのやり方は卑劣だった。ここの看護婦はいわゆる修道女《シスター》でもあるわけだが、彼に対して彼女らが何かにつけて露わにした蔑み、いや、憎悪の念は、底なしに低俗だった。これは一つの実例だ。自らの思想を決然と、我慢強く追求する一方、別の意見の人を少しも邪魔することがない実直な人間ほど、蔑みや憎しみに晒されるという経験、そうした人間に対しては、破壊行為ばかりがなされるという経験の、実例なのだ。というのも、この博士が十二人部屋で無知な、無知ゆえにこそ残酷な患者たちと一緒にされていたという信じがたい事実は、まさしく破壊的処罰だったのだから。十二人部屋にいて彼は落ち着いて本を読むことなどできなかったし、新聞を読むこともできなかった。思索に耽るためのほんの十分間の落ち着いた時間すらなかった。同室の患者たちは、はしゃいでいたのか意地悪なのか、いずれにしろ彼の邪魔をして、計画的に彼を駄目にして行った。博士は崩壊に至らざるを得なかった、そして十二人部屋からくだんのロッジャに、一番ひどい症例だけが入れられるロッジャに移されることになったのだ。彼を苦しめたのは、目的もなく馬鹿な行動に走る無知な若者たち、非難することはできないが、自然、ここではすっかり箍《たが》が緩んでしまった補助労働者や見習いたちで、博士を破壊するほどに困らせることを楽しんでいた。既にかなり弱っていた彼は、朝から晩まで続くこうした拷問に抵抗することができなかった。短期間ではあったが、この人もまた私の教師だったし、再び私にあの世界を見せてくれた人であった。それは、祖父が情熱的に、献身的に私を導き入れてくれた世界、別の世界。抑えつけられた、踏みにじられた、下層の世界であり、何の権力もない人々の世界であった。再びその扉を開けてくれたのは彼だった。その彼を、無知な若者たちは日々の嘲りの対象に選び、彼に対する苛《いじ》めを苛めの本格的芸術にまで洗練させた。若者たちはその倒錯性をここで存分に発揮し、この哲学者を阿呆扱いにしたのだ。哲学者は、破廉恥な行為をする彼らをなすがままにして、一切抵抗せずに受け入れていた。だが、一人の人間を死ぬまで破壊した責任をこの若者たちに負わせるべきではない。彼らの無知は未成年者によくある愚かな無知に過ぎないのだから。罪があるのは医者たち、なかんずく、所長でもある第一医師であった。十二人部屋にいたあいだずっと私は、医者たちが博士に対して続けた苛めのメカニズムを観察していた。彼らは、考えを異にする人間、反論する人間への憎しみを極限まで先鋭化させた。カトリック的でナチス的としか言いようのないこの環境の中では、社会主義への信奉を正直に、はっきりと公言してやまない社会主義者は、何が何でもいなくなってもらわねばならない。医者たちにとってそれは癪《しゃく》に障ることだったのだ。彼らは途方もないことを考えていた。敵であるこの男は破壊しなければならぬ、と。私が知るかぎりでは一人の身寄りもなかった彼は、支配者に無条件に従うほかなかった。あっさり逃げ出してしまうのは不可能だった。医者たちはそれと知りつつ、まったく良心を欠いた態度で彼を窮地へと追いこみ、彼を身体的荒廃へ、さらにはその自然な帰結として精神の荒廃へと追い立てたが、とはいえ彼のほうも、自分から自分の最期へと逃げて行ったというのが真実だった。こうして、悪魔的としか言いようのない両方の側の意志により、彼の没落は早められた。私はこの過程を頭の中で難なく再構築してみることができた。私は直接の目撃者ではなかったが、しかし今、この展開を見ていた。私は彼と話をしようとしたが、うまく行かなかった、拒絶されて終わるだけだった。病室の一隅には彼の本が触れられることもなく置かれていた。汚れて、埃をかぶっていたから、私はたとえ読みたいと思ったとしても、手に取ることに吐気を感じただろう。そもそも私には読書しようという気が起こらなかった。何ら書くこともしなかった。はがきすら書かなかった。この状況で、いったい誰に宛てて書くことができただろうか。博士に食事を摂らせるとき、看護婦はさも嫌そうに、動物に餌をやるようにスプーンで機械的に食べさせた。看護婦と博士のあいだには会話さえなかった。看護婦が彼の着ているものを脱がせるとき、博士は抵抗した。着せるときも、突いたり顔を敲《たた》いたりして、反抗的態度はだんだん危険なものになっていったが、看護婦は何とも感じないようだった。彼女にとってこうしたことはすべてごく短期間のことでしかありえなかったから。いつだろう、人々が彼を運び出し、最終的に彼から離れるのは。彼が麓のシュヴァルツァハへ搬送され、人々が彼から解放されるのは、いつのことだろう、と私は考えた。彼の心臓は打ち続けた。ときおり私は、目覚めたときすぐ彼に視線を投げた。まだ生きているだろうか、隣に横たわっている体は、もう死んでいるのではないか、と思った。しかし、この体はまだ息をしていたし、この肺はまだ動いていた。博士がまだ生きていてそこにいるということに看護婦が失望しているのを感じた。おそらく朝、病室に来た彼女が最初に考えたこともただ一つ、ひょっとすると、博士はもう死んでいるのではないか、彼の問題は、もう問題ではなくなったのではないか、ということだっただろう。彼女はカーテンを開け、仕事に取りかかった。タオルを用意し、水を洗面盤に流し込み、博士の体を起こしてベッドから出すと、洗面盤まで運んで行った。こうして今、博士と一緒にこのロッジャにいるよりも、三階の大きな十二人部屋に入れられていたほうがどれだけよかったか、と私は思った。十二人部屋が懐かしくなった。ロッジャのほうが遥かに劣悪だと感ぜずにはいられなかったから。上の、三階の部屋にいれば私は同じくらいの歳の人たちと一緒に暮らすことになっただろうが、ここでは既にひどく高齢の、寿命が尽きたように見える人間と一緒で、その醜さ、周りへの配慮のなさは、一時間ごとに大きくなっていった。その一方で私は、この人と一緒にいることが許されていること、この醜い、嫌な感じのする、それでいて私が誰はばかることなく感嘆し、尊敬さえしている人と一緒にいられるのだということを、名誉にも感じていた。なぜなら彼は、自分のあるがままに振舞う人だったし、排除された者であり、憎まれた者であり、取りのけられた人だったからだ。みんなが、博士が消えるのを待っているように見えたが、まだそこまでには至っておらず、まだ、みんなが我慢しなければならなかった。回診の際、博士は厄介で不都合な存在としかみなされなかった。私に関しても、医者たちは居心地の悪い思いをしていた。彼らは知っていたのだ、彼らの誤診により私が崩壊寸前まで追い込まれたのは、やむをえないことではなく、彼らの責任、彼らの罪だということ、それに私が気づいているということを。私の肺に大きな穴が開いていたまさにそのとき、彼らは健常者として私を退所させ、再び私を入所させねばならなくなったのだ。彼らが私を博士と一緒の部屋に入れたことには、二つの理由があった。第一の理由は、彼らから見て私の状態が本当に危険な、ゆゆしい、それどころか命を脅かすほどのものに見えたから、二つ目の理由は、彼らが私の打ち解けない態度、私の不信、いや、彼らに対する私の憎しみを感ぜずにはいられなかったからだ。私もまた、彼らから見て我慢のならない者、反抗的な者だったのだ。ロッジャは六つから七つあり、そのうちの半分にはいわゆる優遇された患者たちが収容されていたが、そうした患者を私が目にすることはほぼなかった。いずれにしろ、これらの人々はほかの患者、つまり我々と接することに対してパニックに近い不安を持っているらしかった。彼らも廊下の共同トイレを使わねばならなかったから、彼らが感じるばつの悪さはその様子から察することができた。彼らは私たちより上等な服を着ていて、話をする際はよりよい言葉遣いをしようと努めた。とはいえ、ほとんど何も言わなかったし、いずれにしろ、我々のような輩とは話そうとしなかった。いろんな肩書を何度も耳にした。「宮廷顧問官」、

「宮廷顧問官夫人」、「教授」、「伯爵夫人」といった呼びかけが今も記憶に残っている。こうした肩書の持ち主たちが周りから隠され、落ち着いた、いや、甘やかされた状況で暮らしているロッジャを、看護婦たちは、はたから見て不愉快なほど恭しい態度で、せっせと動き回っていた。いわゆる上流社会のロッジャから我々のところに来ると、彼女らの顔つきは暗くなり、言葉遣いはすっかり変わり、上品に話そうとするのはやめて、ただぶっきらぼうで俗っぽい、残酷な話し方になった。あちらの部屋には見た目のまるで違う、より贅沢な、まったく別の食事が運ばれ、あちらの部屋に入るとき看護婦たちはドアをノックしたのに、私たちの部屋に入るときはノックもなかった。私は、一つの困難があることを当然予想していなければならなかっただろう。だが、ここに来る前には考えていなかった。グラーフェンホーフには、私より前に気腹の処置を施された患者は一人もいなかったのだ。気腹というものを彼らは、ただ本に書かれた概念としてしか知らなかった。そこへ突然、実例が舞い込んできたのだ。助手役の医師が私に空気を入れることになり、そのため診察室に行かねばならなくなったとき、私自身、不安に駆られた。彼は、まだ一度も気腹を充填した経験はない、どんな風にやるのか、そのやり方は最近学んだけれど、と宣言した。私はこの医者に彼が何をなすべきかを口述するしかなかった。私の指図に従い、彼は用意したすべての器具を私のそばに近づけた。私は待った。何も起こらなかった。助手である彼にはその勇気がなかったのだ。今や私が主導権を取らねばならなかった。私は彼に、針を私のお腹に当て、それから「全力で」、——と私は言った——お腹に針を刺してくれ、と文字どおり命令した。一瞬もためらってはいけません、でないととんでもない痛みを引き起こして、ひどく血が出ますから。ウィーンの国家官僚の息子でひょろひょろに背が高い、あらゆる意味で横柄なこの医者は、いざとなるとびくびくしていてぞんざいになることを、私は知っていた。思い切って僕の上にあなたの全体重を乗せ、お腹を覆っている肉に針を刺してください、と私は言い、彼に、ザルツブルク州立病院の指導医がどんな風にやっていたかを説明した。ところが実際、この医者はザルツブルクの運動家風の指導医とは違って、こうした力仕事にもっとも不向きな人だった。ザルツブルクの指導医の場合、自分の体重を乗せて針をただグイと押し込むだけで、お腹を覆うすべての肉を一気に貫通することができた。たやすく予想されたことだが、最初の試みは失敗し、私は激痛のあまり体をすくませ、まもなく、意味もなく開かれた傷口から血が流れ出た。しかしこの処置は続けるしかなかった。二回目の試みがなされたが、あまりに素人臭いやり方のため私は叫び声をあげ、外の廊下には人が集まってきた。このディレッタントは、ただ間をおいて段階的にグイグイ押し込む形でしか針を刺すことができず、まったく必要のない苦しみを私に与えたのだ。ところが、一連の処置が上首尾に行ったかのようにそこに立っていた彼は、空気が私のお腹に入ってあちこち広がっていくのを、満足げに確認していた。このメカニズムはうまく機能し、機器はそれをメーターで証明しており、空気が流れ込んでいく音が聞こえ、私はこの助手の顔に、さっきまで消えていた横柄な表情がまた戻ってきたのを見た。それでいて、自分のした処置が成功したことに一番驚いていたのは彼自身だった。私はしばらくのあいだ横に寝かされ、その後またロッジャに運ばれた。空気の充填でこんなにひどく出血したのはこれが初めてだった。私は数日間、お腹の皮に痛みを感じて、それが化膿して炎症を起こすのを恐れた。グラーフェンホーフでは清潔さに注意が払われなかったから、ここで使われていた医療機器は信用できなかったのだ。それでも炎症を起こすことはなかった。痛みは和らいでいった。次はうまくいくだろう、と私は自分に言い聞かせた。そしてこのときから、充填はうまくいった。このような気腹を患者は五年か、それ以上付けていることができると言われて、私はそれを覚悟した。毎回、充填のあと立ち上って歩くことができるようになると、レントゲンの後ろに立たされ、鑑定された。以後、処置は成功して、助手役の医者はいかにも自慢げだった。自分の専門知識を新しい知識によって拡大したのだ。私は、何とかしてもう一度部屋から外へ出られるようになろうと全力を傾けた。いわば絶望的な自己鍛錬を続け、実際、思っていたよりも早い時点で、戸外へ出る許可が得られた。施設内を一回りし、一日ごとに行動範囲を広げ、許可された範囲の最大限のところまで、もう行けるようになっていた。一番行きたかったのは、私たちが「村」と呼んでいた集落に入っていくことだったが、これは患者に厳しく禁じられていた。ある日、私はこの禁令を破り、村（サンクト・ファイト）に入って行った。村人たちにじろじろ検分され、もちろんすぐに施設の患者であることを見抜かれたが、人々は肺病病みを見ても前代未聞だとか脅威だとかは感じていないようだった。あらゆる意味で弱っていた私は、村に足を踏み入れたらすぐにまた引き返さざるを得なかった。自由はあまりにしんどくて、できるだけ早く施設に戻って自分の部屋に入り、とにかく毛布に潜り込みたい、と思った。それでも外出の味をしめた私は、こっそり村の探検に出かけることを繰り返した。もっとも恐ろしい、重大な結果に繋がる罰を課される危険を意識しながら、許可された境界線を越え、村でちょっとした買い物をした。鉛筆一本と紙を買ったこともあったし、櫛を一本、新しい歯ブラシを買ったこともあった。それ以上のお金はなかった。私が自由に使えたのはいわゆる傷病手当だけで、今はもう健康保険ではなく社会福祉から支給されていた。健康保険はとっくに私を「給付終了」——それが正式な言い方だった——にしていた。療養所の滞在費も、この時点では既に健康保険ではなく社会福祉が支払いを引き継いでいた。私は、午後はいつも本館と別館のあいだにある小さな公園のベンチに座っていた。本を一冊手に取り、意識して自分と自分の環境から別の方向へ気を逸らそうとして、ヴェルレーヌやトラークル、ボードレールを読んでいた。落ち着いた時期が始まったように見えた。ある日、私はそこにいて、ベンチまで持って来た新聞の「死亡通知」欄に、「ヘルタ・パヴィアン、四十六歳」と記されているのを発見した。母だった。母は「ヘルタ・ファビアン」という名前だったが、新聞がその名前を聞き誤って、「狒狒《パヴィアン》」*1と書いたのに相違なかった。新聞の目立たない場所とはいえ、いつも熱心に読まれている死亡通知欄には、新聞社が日々電話で集めたすべての死亡者情報が記載されていたのだ。「ヘルタ・パヴィアン！」私は自分の部屋に走って行き、半分死にかけた状態でベッドに寝ている博士に、私の母が死んだこと、彼女の死が「ヘルタ・ファビアン」という正しい名前ではなく、「ヘルタ・パヴィアン」という名前で告知されていることを話した。「ヘルタ・パヴィアン、四十六歳」と私はひとりで繰り返し言った、「ヘルタ・パヴィアン、四十六歳」。私は葬儀のためにザルツブルクに向かう許可を請い、許可された。あのヴァラー湖畔の村に葬られること、伯母さんの家で少女時代を過ごすことができた、あの村に葬られることを母は望んでいたが、母のこの望みは叶えられた。私は、既に母が亡くなる前に想像していたとおりの、空っぽのアパートに帰り着いた。家族は興奮のあまり、私に母の死を知らせることを忘れていたのだ。こうして今帰ってきたのだから、非難する理由はなかった。玄関を入った廊下には依然として母の服が掛ったままで、どの部屋にも洗濯物の山が積まれていた。「彼女は、私が見ている目の前で死んだのだ、意識のはっきりしているときに」、と彼女の夫は言った。彼は朝、妻にスプーンでお茶を飲ませながら、会話していたという。突然、彼女の顔色が額から下へと白く変わって行った。「彼女は流れ出て行ったのだ」、と夫である私の後見人は言った。最後に飲んだ熱い一口が、大動脈を破裂させたのだ。今、私は母が死んだ部屋に泊まっていた。母は白い麻布にくるまれ、祖父と同じように、軟材でできた質素な棺に入れられた、という。ヘンドルフの、村の小さな墓地で行われた葬儀には、何百人もの人が集まった。母は生涯ずっと信仰心の篤い人だった。彼女は教会を控えめな態度で、同時に敬意を持って見ていた。彼女はカトリック式の葬儀を望んでいた。私たちがヘンドルフに着いたとき、棺はまだ、白壁に囲まれた小さな遺体安置室に置かれていた。親戚だという農家の若者たちが棺を教会へと運んで行った。死者を悼むミサのあと、数百人の人たちが長い葬列を作った。大部分は親戚だと言われたが、私がまったく知らない人たちだった。棺のあとを、祖母と後見人と一緒に歩いていたとき、私は不意に痙攣《けいれん》的な笑いの発作に襲われた。葬儀のあいだずっと、この笑いの発作を抑えるため、戦わねばならなかった。繰り返し耳に、「狒狒《パヴィアン》」という語があらゆる方向から聞こえてきたのだ。とう、葬儀が終わるよりも前に、墓地を去るよう促された。「狒狒《パヴィアン》！　狒狒《パヴィアン》！　狒狒《パヴィアン》！」叫び声が耳に聞こえた。私は家族を置いたまま逃げるように村を去り、ザルツブルクの町に戻って行った。

＊1　ドイツ語の Pavian は動物の狒狒を意味するが、この語には「おめかし屋さん」とか「愚か者」という含意もある。

ひっそりしたアパートの一隅に忍び込み、深い衝撃に見舞われた状態で、家族が帰るのをじっと待った。そして翌日、私はグラーフェンホーフに戻ったが、二、三日のあいだは毛布を頭の上まで被ってベッドに横になったまま、何も見たくはなかったし、何も聞きたいとは思わなかった。先延ばしにできない気腹の充填日が来て、ようやく私を正気に戻した。こうして僕は、すべてを失ったのだ、と思った。これで人生が完全に無意味になった、と。私は日々の経過に順応した。何が、どんな風に向かって来ても、すべてを起こるがままにしておいた。もう何も拒絶することはなかった。自分を完全に服従させた。今ではすべてを、それがはっきりしたものにならない程度まで、近づいて来るに任せた。ただ、はっきりしないまま、ぼんやりした状態でそれに耐えた。何週間かのあいだをこうした状態の中で過ごした。ある日目覚めたとき、博士が部屋から運び出されるのを見た。夜のあいだに、気づかぬうちに死んでいたのだ。少しするともう新しい患者が同じベッドに寝ていた。この新参者とはほとんど知り合いになる時間もなく、私は突然、三階に、患者がいつも三人ずつ入っている南側の部屋の一つに移された。なぜ移されたのか、分からない。この階には、山あいの深い谷を見下ろす広々とした眺めがあった。黒いホイカレック山の西にある、雪で覆われた三千メートル級の山々まで眺望できた。この建物からのこの視角は、これまで知らなかったものだ。体の状態は、三階に移された瞬間から、まるで死者の部屋から上がってきたかのように改善した。なぜ、部屋を移ることになったのだろう？　私は尋ねたが、答えは返ってこなかった。今やまた静臥室へ行かねばならなかった。ロッジャの患者にはその必要がなかったのだ。行動の自由は大きくなり、再び自分以外の人間を目にするようになった。ロッジャにいたあいだは自分しか見ることがなかったし、ただ自分のことばかりに従事していて、博士にかかわっているあいだも基本的にはただ自分のことだけを考えていたのだ。今、再び私は他の人々と、他の複数の人々と、他の多くの人々とかかわりがあった。間違いなく、私の体調は改善に向かっていた。他の患者たちはそこに、私の記憶に残っていたのとまったく同じように、何の情熱もなく、人生にうんざりした様子で、ずらりと並んで寝ていた。そして彼らの第一の義務に従って、痰壺に痰を吐いていた。私のベッドは、今は奥から三番目ではなく入口から三番目だった。ここからは村を見下ろすことができる。私は固く決心していた。毎日療養所の規則を破り、毎日村に行こうと。それをごく秘密裏に、上首尾にやるのだ、と。自分の状態を改善するには、グラーフェンホーフの法を破らねばならない。いちどきに私は、自分の状態を改善するのみならず、最高の要求を掲げた。健康になることに、決めたのだ。この決心をうちに秘め、何があっても決して漏らさないことにした。ここを支配しているのが死への衝動、死への心構え、死への渇望であることは分かっていたから、自分に芽生えた生への心構え、生への渇望は秘匿しなければならないのであり、自分を裏切ってはならなかった。それゆえ表面的には他の患者たちの悲しみの合唱、死にゆく声に唱和しながら、心と胸のうちでは自分に与えられたあらゆる手段を使ってこれに抗い、周囲を騙した。自分の秘密を守るには、こうして誤魔化すほかなかった。以後、私は嘘と芝居の中に生きた。ここから放免されるように、それも、近いうちに放免されるように仕向けねばならなかった。だが、そのためにはこを支配している法を、それも絶対的に支配している法を破り、自分自身の法に従って生きる力が必要だった。有無を言わせず課せられた法に隷属して生きるのではなく、自分自身の法に従って生きるのでなければならない。医者の助言には、ある程度まで、益をもたらしてくれる程度までしか従うまい、それ以上であってはならない。どの助言にも、自分のためになる限りにおいてのみ、それも自分で検証して確かめた助言にのみ、従った。私は自らを再び自らの手に引き受けねばならないのであり、自分のことは自分で考えねばならないのであり、自分の害になることは、決然と排除しなければならないのであった。害になることとは、医者に関すること、この施設を支配しているシステムであって、あらゆる災いは医療従事者から来ている、と考えた。自分のためにはそう考えねばならなかったのだ。そして今、先へ進もうとするのであれば、再び自分のことだけを考えるべきときが来ていた。一面では、グラーフェンホーフ滞在は必要であり、不可避であり、医学的治療システムは治癒を促進するための前提だから、これは利用しなければならなかったけれども、これに濫用されてはならなかった。私は、自分のほうが最大限の注意を払おうと考えた。特に、これまで以上に医者を厳しく点検しよう、と。表層では施設内の規則、つまり医学の暴力に服従したが、表層の奥では、自分のために闘わねばならないところではこれと闘った。私にはそのための経験があったし、用心深さもあり、知識にもこと欠かなかった。医者とその手下たちを導くべきなのは私であって、逆ではなかった。だが、これは簡単なことではなかった。それゆえ私は純粋に自分の意志で、グラーフェンホーフを支配している法の外に出ることにしたのだ。一分でも自由な時間があれば、眼を鋭くしてこの医療機構を監視した。監視がなおざりになる、あるいはほんの少しでも緩んでしまうと、それは災いの機構となりかねないからだ。グラーフェンホーフにいた大抵の患者にとって、それは災いの機構となっていた。一つには彼らの無知が大き過ぎたから、二つには、彼らがあまりに無気力だったから。まもなく私は、何度となく実施された検査や、検査を実施した人たちの全診断を自分で管理できるようになった。何一つ、少なくとも本質的なことは何一つとして私の目を逃れることがなかった。ストレプトマイシンがどれだけ処方されるべきか、それを決めたのは医者ではなく私だった。しかし医者には、自分たちがそれを決めたのだと信じ込ませておいた。でないと私の目論見は成就しないだろうから。私を苦しめる人たちには、何をするかは彼らが決めたのだと思い込ませておいたが、この時点から実施されたことのすべては、実は、私が決めたのだ。私自身、このやり方があまりに不気味で、啞然とした。自分で構想したとおりのことを実現し、ことは計算どおりに運んだのだから。この錯覚的効果において私は途方もなく巧みだった。ＰＡＳをこんなに沢山摂取してももう意味がない、と私が考えたとき、医者は私にＰＡＳの処方をやめた。実は私が、やめさせたのだ。私はこのトリックを心得ていた。他のすべての薬に関しても私が決め、最終的に最小限の量まで減らした。この間に呑み続けてきた大量の破壊的化学物質には吐き気がしたし、こんなに呑ませるのは犯罪的で思慮を欠いている、と今は思ったのだ。私のお腹にどうやって穴を開けるか、どうやって私の中に空気を入れるかは、私が決めた。助手の医師は、彼が自分で決めたつもりだったけれど、彼に命令したのは私だったのだ。家のみんなとの連絡はすっかり途切れてしまった。家族がどうしているか、もう何も分からなかった。あのあと家族への関心をすっかりなくしたのだと思う。家からの便りもなかった。手紙くらいは寄こすことができただろうに。手紙を書かない口実はもうなくなったのだから。彼らが書くのを妨げていた人々は、死んで埋葬されたのだから。彼らには彼らの事情があったのだろうが、私が郵便を受け取ることはなく、郵便が来るのを待つこともなかった。私はヴェルレーヌとトラークルに没頭し、ドストエフスキイの『悪霊』を読んだ。これほど倦むことのない徹底的な本、そもそもこれほどに分厚い本を読んだことは、これまで一度もなかった。私はこの本に心酔して、しばらくは悪霊のうちに埋没した。再び戻ってきたあとも、しばらくほかの何にも読みたくなかった。ひどい失望、恐ろしい奈落に突き落とされるに違いないと思ったからだ。数週間、一切の読書を拒んだ。悪霊の途方もない大きさが私を強くし、私に一つの道を示し、私が正しい道を歩んでいること、ここから出ていくべきなのだということを告げた。私は荒々しくかつ大きな文学にぶち当たったのであり、自分が主人公となってそこから出て行くことになったのだ。以後、私の人生で文学がこれほど途方もない効果を生んだことは、稀にしかない。私は、村で買った小さなメモ用紙に特定の、自分にとって重要と思われた事実、存在にとって決定的な事柄を書き留めようと思った。今はまだこんなに鮮明なものが、不意にぼんやりして、失われていくのではないか、突然消えてしまうのではないか、決定的事件、途方もないこと、馬鹿馬鹿しい事柄などを忘却の闇から救う力が、自分になくなってしまうのではないかと恐れたのだ。私はこのメモ用紙に、救えるものはすべて救おうと、救うべき価値があると思われたものは漏れなく全部救い出そうと試みた。そこには私のやり方、私の忌まわしさ、私の残酷さ、私の趣味があったのであり、それらは他の人々のやり方、忌まわしさ、残酷さ、趣味とは、ほとんど何の共通点もなかった。重要なことは何だろう？　意味があることは何だろう？　すべてを忘却から救い出さねば。脳からメモ用紙の上へ、と思った。メモ用紙は結局数百枚の数になった、自分の脳を信じていなかったからだ。私は脳への信頼を失っていた。すべてに対する信頼を失くしていたから、自分の脳への信頼も失くしていた。詩は一篇も書かなくなった。詩作していることへの羞恥が、思っていたよりも大きかったから。祖父の本を読もうとしたが、うまく行かなかった。その間に私はあまりに多くのことを体験し、あまりに多くのことを見てしまっていた。それらの本は片付けた。悪霊の中に、自分にふさわしいものを見出したのだ。療養所内の図書室でそうした途方もない本がほかにもないか探したが、なかった。開いてすぐ閉じた本の題名を数え上げても仕方あるまい。そうした、せせこましいだけで何の価値もない本には、嫌気を感じるだけだった。私にとって悪霊以外の文学は何物でもなかったが、きっとほかにもまだこの悪霊みたいなのがあるに違いない、と思った。だが、そうした悪霊をこの施設の図書室で探しても無駄なのだ、ここには悪趣味、愚鈍、カトリシズム、ナチズムばかりがいっぱいに詰め込まれていたから。しかしどうやったらさらなる悪霊を見つけることができるだろう？　不可能だ。唯一の可能性は、できるだけ早くグラーフェンホーフを立ち去り、自由の身になって、自分の悪霊を探すことだ。今や、ここから出ていくための新しい動機が追加された。レントゲンカメラの前に立ったとき、自分の状態が改善したかどうか、すぐに尋ねたし、実際、状態は検査のたびによくなっていった。今ではもう村の外まで歩いて行くことができ、周辺の地域を知るようにもなった。今までいつも陰気で気持ち悪いと感じていたもの、気が遠くなり、打ちのめされてしまうほどだったものが、急にそうではなくなった。いつも醜いと思っていた山々、不気味だと感じていた山々は、もはやそうではなくなった。いつも化け物のように見えた人々は、もはや化け物ではなくなった。私は、これまでよりも深く、さらに深く、そしてさらにさらに深く息を吸い込むことができるようになった。社会福祉から支給される手当のほとんどを呑み込むことになったが、週に一度、『タイム』を購読することにした。英語の知識を蘇らせ、新鮮なものにして拡大するとともに、凄まじいスピードで変わって行く世界の出来事を追いかけられるように、と考えたのだ。突然、勇気を出して村のオルガニストの女性に話しかけ、彼女から教会で一時間、歌のレッスンを受ける約束を取り付けた。そして一時間どころか三時間もオルガンで私の歌の伴奏をしたあと──私はバッハのカンタータ、アンナ・マグダレーナの歌の本などを初見で歌った──彼女は私に、次の日曜の朝のミサで、（ハイドンの）ミサ曲のバス・ソロを歌ってくれと言ったのだ。はちきれんばかりに空気を詰めたお腹、生きるために必要不可欠な気腹も妨げになることはなく、私はソロでの出演後も決まってミサに出演してバスパートを歌った。週日、もちろんいつもこっそりと、つまり医者の目を盗んでは彼女と落ち合い、教会で一緒に音楽に興じた。私たちはバッハやヘンデルの大オラトリオを研究し、私はヘンリー・プルツェルを発見して、ハイドンの天地創造のラファエルを歌った。私の声は失われてはいなかった。反対にこの楽器は一週間また一週間と改善されていったばかりか、完璧な楽器へと仕上がっていった。この、教会での音楽の時間への私の渇望は、飽くことを知らぬほど熾烈《しれつ》なものだった。あらゆる警告に逆らい、私は今再び正しい道を歩いていたのだ、音楽は私の天命だった！　しかし、私が見つけたこの楽しみ、私がひそかに村の教会へ通い、そこで歌っていること、それも完全に公開の場で遠慮もなくこだわりもなく歌っていることを、これ以上隠しておくことはできなかった。私自身、このまったく正気の沙汰ではない行為を告白せずにいられなかったのだ。医者は私を問い詰め、気腹を入れたまま歌ったりすれば突然死を招きうることを分からせようとしたし、施設から追放することもありえると言って脅かした。村へ行くことは厳禁だと宣告された。しかし私にはもう、どのような禁令にせよ、禁令に服従する力はなかった。私は音楽活動の実践なくして存在することはもうできなかったのだ。だから、グラーフェンホーフを立ち去りたかった。できるだけ早く、何としてでも。何週間か歌ったけれど、それは私を弱らせなかったではないか、反対に体調は改善していたから、自分はこの音楽的方法によって健康を回復するのだと、信じていいくらいだった。医者たちはこれを馬鹿げた考えだと言い、どうかしている、と私を形容した。音楽の実践は、瞬く間に私にとって生きるトレーニングとなっていた。しかし、村へ行く勇気はもうなかった、いずれにしろ、音楽を実践するために村へ行くことはもうやめた。オルガニストである私の先生に自分の不幸な境遇を話した。彼女はウィーンの出身で、芸術家で、音楽アカデミーの卒業生で、教授であり、戦争中グラーフェンホーフにやって来たことでなおさら肺病をこじらせてしまい、村にそのまま留まっていたのだ。このときから彼女は、私のもっとも親しい話し相手となったし、私の新しい教師、唯一支えてくれる人だった。可能なときはいつも彼女を訪ねた。しかし二人とも、もう一緒に音楽する勇気はなかった。これまで自分たちが持っていた勇気、死の勇敢さが恐くなった。こうして、医者に脅かされて以降、音楽の実践ではなく音楽理論が私たちの対象となった。ほんのちょっとした機会をとらえては施設から抜け出し、貧者の家と呼ばれた建物に急いだ。そこの、屋根裏にあった板張りの部屋、隠れ家のような部屋に彼女は住んでいたのだ。あっという間にそこは私の絶対的隠れ場所にもなった。この部屋で私は再び自分を見出し、自分の存在の前提へと帰ったのだ。ある日のこと、静臥室に足を踏み入れたとき、自分の目が信じられなかった。私の寝椅子の横に指揮者の友人が自分の場所を確保していたのだ。彼はこの日到着したばかりで、君を驚かそうと思ったのだ、と言った。私の記憶では、彼もまた数か月か一年くらい前に健康を取り戻してグラーフェンホーフを放免されていたが、この間にオデュッセイばりの類い稀な旅を経験していた。ここを退去したあとアドリア海へ海水浴に行き、肺病患者が一番やってはいけない馬鹿なことをした。砂地で日光浴したのだ。オートバイを操縦してイタリアへ向かった彼は、病人搬送車に載せられオーストリアに連れ戻された。ウィーンの病院で難しい手術を受けて胸郭をこじ開けられ、右肺を完全に削除されてしまった。今や彼の背中にも、グラーフェンホーフにいる大抵の患者と同じ形成外科の傷跡が、肩から下へ、骨盤まで走っていた。いわゆる「結核病み」のトレードマークだ。生き延びられるとは思っていなかった、今ここにいるのが自分でも不思議なくらいだ、と彼は言った。私たちは互いのことを報告しあったが、もちろん、何も喜べることはなかった。とはいえ、彼の報告を聞いても、健康になるのだという私の決心は揺るがなかった。反対に、今では私が彼の模範だった。今考えてみても、このあと何か月間、彼とグラーフェンホーフで一緒だったのか、思い出せないし、彼のほうも今となってはもう覚えていないという。ひょっとすると一年以上だったかもしれない。それを突きとめようと思えば簡単にできるだろう。カレンダーを一瞥すればいいのだ。しかし私にはそれをしようという気持ちが起こらない。そもそもどのくらいのあいだ私はグラーフェンホーフにいたのだろう。そして、そのあとようやく放免されたのは、いつのことだったか？　もう思い出せない。もうそれを知りたいとも思わない。ある日私は、放免してくれるよう要望した。そのときが来たというのが、私の考えだったから。医者たちはどうしても私を行かせようとしなかった。しかし、気持ちを腐らせベッドで寝返りを打っている代わりに私は、大分前から、夜、橇《そり》に乗って秘かな遠出をして、麓のシュヴァルツァハまで降りていたのだ。相変わらず気腹は入れていたけれど。谷あいの道を通り、人気《ひとけ》のない真っ暗な路地に入った。夜勤の看護婦が「お休み」と言って照明を落とすと、私は立ち上がり、消えたのだ。村に行ったときに一台の橇を借りておき、昼のあいだそれを一本の立木の後ろに隠しておいたのだ。その上に座ると、谷底へ疾駆した。私は出て行きたかった、だから出て行った。医者たちは、自分たちが私を放免したのだと思い込んでいたけれど、私の退去を決めたのは私だった。私は、倒錯した医学という災いのひき臼の中で、最終的に、つまり永久に嚙み砕かれてしまう前に、消えねばならなかったのだ。医者のもとを去り、グラーフェンホーフから出て行くのだ！　ある寒い冬の日、別れを告げるべき人たちすべてに別れを告げたあと、私は出て行った。予定よりも早く、「危険は自分で引き受けるのだ」、と心のうちで言わずにはいられなかった。自分の所有物を入れたサックを村まで引き摺り、バスに乗り込み、シュヴァルツァハに下りた。二時間後には家に着いていた。私が来ることは予想外だったので、家族の反応は驚愕にも等しかった。私はもはや伝染性ではなかったが、治癒したとまではとても言えなかったのだ。彼らは私を受け入れ、しばらくのあいだ、可能な範囲で食事を提供してくれた。仕事を探さねばならなかった。けれど、何を始めたらいいか分からなかったし、なかなか難しかった。どこかの商店で働くことも、歌うことも論外だったから。何週間も結論を得ることなく、あれこれ思いあぐねるばかりで、逃げ場のない状況の中、改めてザルツブルクの町とその住民を憎むようになった。多くの企業を訪れたが、どこかの企業に入る能力は、もう私にはなかった。まだ病人だったからというのではない。気腹を入れた状態でも働くことはできた筈だ。だが、とにかくもう働きたくなかった。どんな職業にも、どんな仕事にもひどい嫌悪を感じた。働いている人たち、仕事を持っている人たちの愚かさに吐き気がした。仕事を持っている人たち、働いている人たちのひどい嫌らしさに直面して、彼らの絶対的無意味、非目的性を見た。ただ生き延びるために働く、仕事に就く、このことには吐気がして、反感を覚えた。人々を見て、彼らに近づくと、悄然として彼らの前から退いた。問題は福祉手当が少ないことだった。モーツァルト広場の福祉局に行ってそれを受け取るとき、恥ずかしかった。私は実に様々な能力を持っていたが、世間で言うところのきちんとした仕事に就くという、ただ一つの能力だけは持ち合わせていなかったのだ。気腹に空気を補充しなければならなかったから、週に一度、サン・ジュリアン通りに診療所を開いている肺の専門医を訪ねた。この人は今でもそこで診察しているが、当時の私は、心底この気散じを望んでいた。というのも、ここでまた私は、この肺の専門医のうちに唯一のためになる話し相手を見つけたのだ。自分の言いたいことが言えるたった一人の人間だった。アシスタントの女性も共感できるタイプだった。なぜだったのか思い出せないが、ひょっとするとこれも、どうでもいいさという気持ちからだったかもしれない。気腹を充填する期日をやり過ごしてしまった。十日後と決められていたのに、三、四週間してやっと専門医のところに行った。必要以上に間が空いてしまったことを言わずにベッドに横になると、医者は、いつものように私に空気を入れ始めた。結果、塞栓症になった。医者とアシスタントの女性は私を逆立ちさせ、平手打ちした。とっさに決意して行ったこの処置が、命を救った。私は今や十九歳になっていたが、気腹を駄目にしてしまい、一瞬にしてまた、グラーフェンホーフに入るべき状況に陥った。だが、これには抗い、私はもうそこに行くことはなかった。

訳者あとがき

サンクト・ファイト・イム・ポンガウ（Sankt Veit im Pongau）を初めて訪れたのは、いつのことだったろう。はっきりとは思い出せないほど時間《とき》が経ってしまった。トーマス・ベルンハルトの自伝五部作に出会って間もなくのことだったか、あるいは、これを翻訳することを決め、最初に取りかかった『ある子供』の翻訳中であったか。いずれにしろ、ベルンハルトを読まなければ訪れるどころか、その存在を知ることもなかっただろう。

「サンクト・ファイト」とは、ローマ帝国時代の殉教者、聖ヴィトゥスのドイツ語名であるが、オーストリアやその周辺によく見かける地名である。ウィーンを訪れたことのある人なら、地下鉄路線のU４に、オーバー・サンクト・ファイト駅とウンター・サンクト・ファイト駅があるのをご存じだろうし、ケルンテンやシュタイヤーマルク、ザルツブルク、チロルや南チロルにも同じ地名が見られる。それらの中でベルンハルトに係わりが深いのは、ザルツブルク州ポンガウ地区にあるサンクト・ファイトだ。ザルツブルク市から列車で約一時間、ザルツァハ川沿いを上流へ南下していくと、「シュヴァルツァハ＝サンクト・ファイト」という駅がある。（線路はここでケルンテンへ向かう線とチロルへ向かう線に分かれるが、いずれもアルプスの高峰に囲まれた、谷間やトンネルを抜けていく路線である。）この駅周辺の、いつも薄暗い谷あいの町がシュヴァルツァハであり、そこから北側の斜面を二、三十分歩いてのぼるか、あるいはバスで十分ほど行ったところ、日当たりのよい広々したテラス状台地にあるのが、サンクト・ファイトの村だ。集落のはずれ、建物がまばらになった辺りに、かつて結核療養所「グラーフェンホーフ」と呼ばれた建物が今もある。現在は結核療養所ではなく、ザルツブルク州立病院の別館として使われている。

ベルンハルトがここに収容されていたのは、一九四九年七月から翌年二月まで、さらに同年七月から翌五一年一月までの計二回、十八歳から二十歳直前までの時期である。自伝五部作の一つ、『寒さ』は、この時代をのちの視点から回想した内容となっている。結核を疑われた彼がこの施設に入るほんの数か月前、彼にとって最愛の人であった母方の祖父、ヨハネス・フロイムビヒラーが亡くなっている。同じころベルンハルト自身も急性肋膜炎で倒れ、生死の境をさ迷って、九死に一生は得たものの、病後の療養中に受けたレントゲン検査で肺に影が見つかり、グラーフェンホーフへの入所を指示されたのである。彼がここに滞在中、母ヘルタ・ファビアンが癌によって四十六歳の若さで逝去している。

『寒さ』を含め、いわゆる「自伝五部作」でこの作家が語った内容は、よく指摘されるとおり誇張やフィクションを含んではいるが、基本線においては実際の人生に即したものとなっている。例えば、作中にもあるとおり、グラーフェンホーフで彼は「指揮者の友人」ルードルフ・ブレンドレと知り合ったのであるし、教会オルガニスト、アンナ・ヤンカとの交友もサンクト・ファイトで始まっている。のちに長くウィーン・フォルクスオーパーで活躍したブレンドレは、引退後、グラーフェンホーフを起点とするベルンハルトとの交友回顧録[1]を出版しているのだが、それと比較する限り、医師に関する記述やブレンドレの病歴・職歴など、ベルンハルトがもっとあとに起こった出来事をこの時代のものとして記述したり、主観的印象を意図的に誇張したりしている部分があるとはいえ、大筋において『寒さ』は、ブレンドレの回想と重なる。むろん細部に関しては、三十年も昔のことをこれほど細かく覚えているほうが不思議なくらいで、創作的要素も少なくないとはいえ、母の最期の場面など、それがまさに作中に描かれた通りであったことを、母の夫でありベルンハルトの「後見人」であったエーミール・ファビアンは証言している[2]。

つまり、ベルンハルトの自伝に関してよく指摘される「嘘」あるいはフィクションとは、他の多くの人が書いた「自伝」のそれと大差ないものである。ドイツ文学においてすぐに思い浮かぶ自伝と言えば、ゲーテの『我が生涯より　詩と真実』であるが、これも、冒頭に引用された友人の手紙からして虚構である。そもそも「自伝」というジャンルが、意図するかしないかにかかわらず自己弁明や自己美化に傾きがちなのは自ずから理解されることだが、その意味ではベルンハルトの「自伝」も自伝であることに変わりはなく、これをフィクションの要素が多いから小説として読むべきだという主張には、説得力があるようには思われない。この問題については、あとで詳しく述べることにしよう。

サンクト・ファイトの中心部からかつての療養所グラーフェンホーフに向かう道は現在、「トーマス・ベルンハルトの道」と命名されていて、その起点には彼がミサの際にバス・ソロを歌った教区教会や墓地があり、宿泊施設などもあって、アルプス地方らしく風光明媚、空気も綺麗で人々も親切だったから、私自身はいい印象しか持たなかった。『寒さ』には書かれていないが、彼が祖父亡きあとの伴侶とも言うべき三十六歳年上の後援者ヘートヴィヒ・スタヴィアニチェクに初めて出会ったのもこの村でのことで、のちに二人で幾度となくここを訪れていることから考えても、ベルンハルト自身、この村とこの風景をこよなく愛していたのではないか、と思うのである。サンクト・ファイトでは、毎年十月、旧グラーフェンホーフ近くの農家風博物館を会場にして、朗読や講演など、ベルンハ

（1）Rudolf Brändle: *Zeugenfreundschaft. Erinnerungen an Thomas Bernhard*, suhrkamp taschenbuch 3232, Frankfurt a. M. 2001 (Erste Ausgabe: Residenz Verlag 1999).

（2）Louis Huguet: *Chronologie. Johannes Freumbichler – Thomas Bernhard*. Weitra (Bibliothek der Provinz) o. J. [1995], S. 281.

ルトに関する催しが行われている。私が初めてサンクト・ファイトを訪れたのも、確かその折ではなかったろうか。ベルンハルトとサンクト・ファイトとは、つまり相思相愛の関係と言えるのかもしれない。

故郷ザルツブルクとの対決

一九七五年から八二年にかけて出版されたトーマス・ベルンハルトの「自伝五部作」は、そもそも、ザルツブルク市とその周辺の地域を舞台としているのみならず、この地域と自らとの関係を「切り離しがたい関係」として提示し、戦前から戦後、一九三〇年代から四〇年代にかけてのこの場所に、自分という存在の「原因」を探ろうとしたものであった。それは四十代半ばで書いた五部作最初のテクスト、『原因』からして明らかである。この作は、第二次世界大戦さなかの、作者が中学生であった時代を描き、ナチス支配下のザルツブルク市を舞台にしている。

> そして、まさにこの場所、私が生まれついたこの死の土壌こそ、私の故郷なのであり、他の町や他の風景ではなく、この（死に至らしめる）町、この（死に至らしめる）風景こそが、私の故郷なのだ。今、この町を歩き、この町とは何の関係も持ちたくないし、ずっと前からもう何の関係も持ちたくなかったから、この町は自分とは何の関係もないのだ、そう考えてみたところで、私の中の（そして私にまつわることの）すべては、この町から来ているのであり、この町と私と

は、恐ろしい関係ではあるけれども、生涯にわたる、切り離しがたい関係をなしているのである。というのも、私の中のすべては、実際、この町とこの風景に結びついており、ここに還元されるのであって、何を考え何をしていても、この事実を私はますますはっきりと意識するのだ。

(『原因』)

実際にベルンハルトが生まれたのはオランダのヘールレンであり、生後まもなくウィーンに住んでいた祖父母に引き取られたのではあるが、『ある子供』において語られる通り、ウィーン以前の記憶は彼にはほとんどなく、いわゆる物心がついてはっきりした記憶が始まるのは、ザルツブルク市の隣、ヴァラー湖畔ゼーキルヒェンに移ってからである。ゼーキルヒェンに隣接するヘンドルフには祖父の実家があって、のちに母ヘルタはそこに葬られることになるが、そもそも彼女がベルンハルトを身籠ったのがヘンドルフということもあり、彼がザルツブルクを「故郷」と呼んでいるのは誇張でもなければ嘘でもない。自伝第一作『原因』(一九七五年)と第二作『地下』(一九七六年)では、ザルツブルク市で過ごした中学時代および商人見習いの時代が描かれており、第三作『息』(一九七八年)と第四作『寒さ』(一九八一年)になると、舞台は市内の州立病院、近郊のグロースグマイン、少し離れたサンクト・ファイト・イム・ポンガウにまで広がり、最後の『ある子供』(一九八二年)では、先に述べたゼーキルヒェンやヘンドルフ、そして国境の向こうではあるが、やはり近隣都市であるトラウンシュタインやエッテンドルフでの幼年期が記憶に呼び起こされる。語り手による自らの原因探究はつまり、五部作の最後まで続くのであり、それゆえこの五部作は、『原因』というタイトルをそのまま全体に冠することができる探究の軌跡、「故郷」ザルツブルクとの対決の記録なのである。それぞれが違ったタイトルを持ち、独立した単行本として刊行されたからと言って、切り離して考えるべきではない。一つ一つを独立した作品として読むこともまた可能な、連続したテクストと捉えるべきである。「自伝」と呼ばれるのも「五部作」と呼ばれるのも、決して理由のないことではないのである。

原因探究における時間の交錯

自らの原因の探究という意味では、『寒さ』が全五作のうちで占める役割は大きい。結核療養所グラーフェンホーフで、夜、ベッドに横たわりながら主人公は、自らの由来を考える。母や祖父母、そして彼にとってとりわけ大きな謎として立ちはだかる生みの父のことを考える。それが謎であるのは、父が彼の出生前に母を捨てて逐電し、彼を認知することなく死んでしまったからではない。父アロイス・ツッカーシュテッターの名が決して口に出してはならない家族のタブーであり、それにもかかわらず発した主人公の問いが、母からも祖父母からも、徹底的に無視されてきたからである。『寒さ』で興味深いのは、語り手である「私」の原因探究が、主人公である「僕」の原因探究と重なっているように見えながら、重なっていない部分をも孕みつつ、幼少期へ、すなわち『ある子供』の世界へと繋がっていくという点である。『原因』から『寒さ』まで四作の語り手は、過去の事柄を回想しつつも、しばしば、語っている現在の時点の話をしたり、二つの時間のあいだのどこかの時点のエピソードを挿入したりする。父についての探究がその好い例である。語られている本筋は、グラーフェンホーフで、夜、自分のベッドに横たわりながら眠ることができずに家族の由来、とりわけ父について考えている若き主人公の思考内容であり、その一つとして、父の父、つまり父方の祖父をザルツブルク市内に見つけ出し、その人を訪ねたときのこと、それを話すと母が激高して、ひどく罵られたという経緯が回想される。回想しているのはベッドに横たわる若き主人公であり、同時にまた、この回想記を書いている語り手なのかもしれないが、後者がこれに続けて語るエピソード、すなわち、父のことを詳しく知ろうとして両親の小学校時代の友人と会う約束をしたが、約束の日の直前、この証人が自動車事故で亡くなってしまった、というエピソードは、主人公が既に大人になってから、すなわち物語の本筋よりもよほどあとのことでありながら、語り手のいる時点よりは前の出来事なのである。そして語り手は、物語を語っている今の時点から、そうしたエピソードについてコメントすることを厭わない。「重なっているように見えながら、重なっていない部分をも孕みつつ」、と述べたのはこうした時間構造のゆえである。すなわち、「生みの父」という同じテーマに関連する様々な時間が、語り手の思考のうちに浮かび上がってくるまま、時間的前後に拘ることなく回想されるのであり、ディルタイ的に言えば、これらのエピソードが現在の時点から解釈され、「意味付与」される。そして、このように進んできた自己の原因の究明、個々の出来事の人生全体の中での意味づけ、「体験」化の作業は、『寒さ』において更なる過去、すなわち自らの出生と幼少期に向かって行くこととなり、『ある子供』で描かれる時代をこれまでの一連の自己物語のうちへと呼び起こすことになるのであるが、それは、物語の主人公である病床の「僕」が、父を、つまりは自分の出生を、幼少期を、母や父の由来と祖父母の過去を考え始めるからであって、要するに病床にある主人公が自らの「原因」探究を始めることをきっかけにして、語り手の「私」もまた、時間をさらに遡った『ある子供』時代の回想を始めるのである。

自伝と小説

ベルンハルトの自伝五部作については、第一作『原因』が出版されてから今日に至るまで、その事実性と虚構性をめぐって二つの逆行した受け止め方があるように思われる。一つは、この物語を事実報告のように捉え、語られた内容の不正確さ、誤りを指摘する読み方であり、自分がモデルにされたと感じて訴訟を起こす読者もあった[1]。訴訟まで行かずとも、ザルツブルク住民の中にはこの本を自分たちへの誹謗と受け止め憤慨する者が少なからずいたし、ジャーナリズムは興味本位な論評によってそれを煽った。こうした受容者たちは、書かれた内容を言葉どおりに受けとめ、語り手の辛辣な言葉の奥にあるそれとは裏腹の感情に目を向けることがなかったのである。もう一つの受容の仕方は、これらのテクストをベルンハルトの他のテクスト同様にフィクションとして受け止め、内容をいわば初めから作りもの、演出として、その枠内で読もうとする読み方である。外側の現実は物語の背景であり副次的なものに過ぎないと見做すがゆえに、テクストが指示する意味に真剣に対峙することがない、これもまた極端な受容であった。文学における虚構性を杓子定規に考え、作中で展開される真実と嘘についての議論を効果を狙ったレトリックとして、テクスト全体をそうした意味での技芸として捉えるがゆえに「自伝」として読むことにも同意しない、斜に構えた文学通にありがちな傾向である。

しかし、ここでまず確認しておきたいのは、これらのテクストを「自伝」と呼ぶことに誤りはないということである。理由は二つある。この五部作が自伝あるいはそれに類するものであることを示す言葉は、本のタイトルや副題にこそ含まれていないが、『原因』の初版カバーの折り返しには出版社がつけた宣伝文があり、そこにはこれが作家自身の「回想」(Erinnerungen) であると記されている。当初発表された複数の書評も、「青年期の回想」(Jugenderinnerungen) という言葉を使って論評しており、本を提供する側にも受容する側にも、これが作者の回想記であることについて一定の了解があったと考えられる。二つ目の根拠は、主人公の名前である。一作目『原因』から四作目『寒さ』まで、主人公の姓名はずっと明示されていないが、第五作『ある子供』では、姓が「ベルンハルト」、名が「トーマス」であることが登場人物の台詞から分かるようになっている。五つのテクストが連続したものであり主人公が同一人であることはあまりに明白だから、五部作すべてにおいて作者と主人公の名前は一致するのであり、一人称形式の語りであるがゆえに語り手と主人公の同一性も明らか

(1) これについては、『原因』の「訳者あとがき」を参照。

で、作者＝主人公＝語り手という、自伝ジャンルの前提が満たされている。主人公以外の人物の名前も実在人物と同じで、主人公の母はヘルタ、父はアロイス・ツッカーシュテッター、「後見人」はファビアンであり、そのほかの人物も、名前が明示されている限り、実名が使われている。

自伝理論で知られるフィリップ・ルジュンヌは、その理論的著作『自伝契約』において、自伝と小説を区別する指標として作者と読者のあいだの契約性ということを挙げている。すなわち、自伝であるか小説であるかの区別は、テクストにおいて語られた内容や語り方よりも以前に、作者の名前や作品のタイトル、副題、カバー文などのパラテクストが、当該テクストを自伝として提示しているか否かによるというのである。主人公が自らの人生を回顧する物語であっても、それが架空の主人公による架空の話であるような例は、トーマス・マンの『詐欺師フェーリクス・クルルの告白』など、小説にはざらにあるわけで、当該テクストが小説ではなく自伝であること、すなわち「実在の人物が」自らの人生について綴った「回顧的物語」であることを保証してくれるのは、テクストそのものではなく、テクスト以前の、テクスト周囲のコンテクストでしかありえない。

ただし、その際注意しなければならないのは、「実在の」作者が自分の人生を語っているからと言って、内容が必ずしも事実に一致するとは限らないということである。すなわち事実性とは、これは自伝だ、という作者の約束から直ちに帰結されるものではない。むろん、自伝だと称しつつ嘘八百を並べる書き手がいれば、よほど信用ならない人であるか、あるいは初めからオートフィクションを意図している作者ということになろうが、我々読者の側が物語としての自伝を読む際に抱く期待も、客観的事実を知ることではなく、書き手がさまざまな出来事に直面してどう感じたのか、何を考えたのか、その人がどのようにしてその人となったのかという、極めて主観的で内的な真実についての期待であろう。これまで書かれてきた多くの自伝も、赤裸々な内面告白であり、懺悔あるいは自己弁明であり、美化や潤色、自己演出、あるいは執筆時点から振り返った自らの人生の解釈なのであって、出来事そのものを中心的対象としているわけではない。

客観的事実のみを記した自伝とは履歴書のようなものになってしまい、それは自伝の範疇には入るけれども文学ではなく、心理的自己構築作業としての自分語りにもなりえない。逆の言い方をすれば、自伝とは文学と非文学の境界を跨ぐジャンルなのであり、両者の広範な領域において多様なヴァリエーションを示している。要するに、どれほど作者の伝記的事実が含まれていても、これはフィクションだという約束の上に成り立っているのが小説であるとすれば、自伝には、実在の人物が自らの過去を回想しているという前提があるのであり、フィクションや演出が多分に含まれるからといって自伝でなくなるわけではない。

ベルンハルトの企て

ベルンハルトが自伝五部作で詳しく語る自らの過去は、執筆の三十年から四十年も前のことである。それほど昔のことをこれほど詳しく覚えているというのは通常考えにくいが、当時身近にいた人たちの証言や、役所等に残っている記録をもとに実証的に調査したフランス人研究者ルイ・ユゲの

『年譜』と比較すると、ベルンハルトの記述には事実と異なる部分があることが確認される。

『寒さ』に即して具体例を挙げれば、「指揮者の友人」ブレンドレがグラーフェンホーフ退去後バイクでイタリアの海岸へ行き、そこで病をこじらせ病人運搬車に乗せられて帰国したというエピソードは、実際にはずっとあとのことであり、それも海岸地方へ行ったわけではない(1)。また、ベルンハルトが父親に関する話を聞くため会う約束をしていた父母の学校友達が自動車事故で亡くなったとき、頭部が引きちぎられた、というのも事実ではない(2)。母ヘルタが正しい苗字のファビアン(Fabjan)ではなく、ドイツ語で「狒狒」や「馬鹿者」を意味するパヴィアン(Pavian)の名で新聞に掲載されたという話にも誇張がある(3)。

とはいえ、それらの相違は細部のものであり、ブレンドレの結核再発も、父母の幼友達が約束の日の前日に事故死したことも、母ヘルタの姓が間違った綴りで死亡欄に掲載されたことも、事実である(Pabjanと印刷された)。これらは単なる記憶違いではなく潤色であって、そこにベルンハルトの物語を作る傾向を認めることはできるが、三十年前の回想においてこの程度の記憶の書き換えは珍しいことではあるまい。

ベルンハルトが自伝五部作をどのような姿勢で書いていたのかは、「嘘」と「真実」をめぐる語り手の次のコメントに読み取ることができる。

書かれたことが明らかにするのは、書いた人の真実意志に即したことであるとはいえ、真実に即したことではない。真実とは、決して伝達できるものではないのだから。〔中略〕だが私たちは、これまでずっと真実を伝える試みをやめなかった。〔中略〕ここに書いたことは真実であるが、真実ではありえないがゆえに真実ではない。〔中略〕肝心なのは、嘘をつこうとするか、それとも、それが決して真実ではありえず、決して真実ではないとしても、真実を言おうと、真実を書こうとするのか、ということなのだ。私はこれまでずっと、いつも真実を言おうとしてきた。今ではそれが嘘であったことが分かっているけれども。結局肝心なのは、嘘の真実内容なのだ。〔中略〕書くことは私にとって生きるために欠くことができない。それゆえ、この理由から、私は書く。書いたことのすべてが、私を通じて真実として伝えられた嘘にほかならないとしても。

（『地下』）

真実を書こうとする意志を強調しつつも、真実を言葉で伝達することは不可能であり、結局嘘にならざるをえないのだという、真実と嘘をめぐる議論は、五部作全体を通じてあちこちに挿入されてい

（1）Brändle, a. a. O., S. 31f. Vgl. auch Hugue, a. a. O., S. 273.
（2）Hugue, a. a. O., S. 461. このエピソードは小説『消去』で語られる主人公の母親の事故死を思い出させる。
（3）Hugue, a. a. O., S. 281f.

る。そして、こうした語り手によるコメント自体が、これらのテクストを、彼の他のフィクショナルなテクストとは異なったものにしている要因の一つである。自分語りにおける作者の姿勢を最終的に分かりやすく述べているのは、『ある子供』の中で、自らの大胆な自転車旅行を友人に物語る少年の日の回想であろう。

私が語ったこと、そのすべてに、ショルシは感嘆した。物語が新たな展開を見せるたび、感嘆は大きくなった。〔中略〕自分のことを報告しながら、私は、まるで人の体験談を聴くかのように物語に酔った。報告は一語ごとに熱を帯び、思い入れが昂ずるあまり、全体に一連の抑揚がほどこされた。それは報告全体を味付けする潤色、あるいは、付加的な作り話だった。嘘とまでは言わないにしても。〔中略〕それが本当の出来事、事実であることに疑問を挟む余地はなかったけれど、上手な話芸として受けとめられることを、私は信じていた。効果的と思えるところは長めに語った。強めるべきところは強め、弱めるべきところは弱めた。常に、物語全体のヤマを目指して進むよう、大事なことを先走って話さないよう、劇詩の主人公である自分を決して見失わないように気をつけた。私は、ショルシが何に魅力を感じ何に関心が薄いか知っていたから、この知識が、報告の基礎となった。〔中略〕最後にわずかな言葉を付け加えることで、みじめな失敗を勝利に変える才が、私にはあった。報告は成功した。この日の朝、ショルシは私が英雄だということを信じて疑わなかった。（『ある子供』）

主人公の少年が友人を前にして語った冒険譚の技法は、そのままこの自伝五部作全体に当てはめて考えることができる。引用にあるとおり、自伝の全体には「一連の抑揚がほどこされ」ているが、それは「嘘とまでは言」えない「潤色」であり、「付加的な作り話」であり、「本当の出来事、事実であることに疑問を挟む余地はな」い事柄についての、「上手な話芸」なのである。

作家のアンドレアス・マイヤー[1]やオラーフ・クラマー[2]といった研究者は、この「上手な話芸」という点、ベルンハルトの記述がレトリックであるという点を強調する。例えばマイヤーは、自伝五部作とユゲの実証的研究を比較した上で自伝に見られる非整合性を列挙し、自伝五部作を、ベルンハルトの語り手が言うところの「嘘」として、真実よりも効果を優先したもの、自己英雄化であるとして批判する。『地下』で強調された若き主人公の決断、すなわちギムナジウムに向かうのではなく、職業紹介所へ行ってシェルツハウザーフェルト団地の食糧品店を紹介してもらったエピソードや、『息』の中で描かれた、病院に運び込まれたあと瀕死の患者が入れられる部屋に一晩とどめ置かれたが、自

（1）Andreas Maier: *Die Verführung. Thomas Bernhards Prosa*, Wallstein, Göttingen 2004.
（2）Olaf Kramer: *Wahrheit als Lüge, Lüge als Wahrheit. Thomas Bernhards Autobiographie als rhetorisch-strategisches Konstrukt*. In: Joachim Knape / Olaf Kramer (Hrsg.): *Rhetorik und Sprachkunst bei Thomas Bernhard*, Königshausen & Neumann, Würzburg 2011, S. 105-122.

らの決断で生還することができた、という圧倒的な物語のヤマを、マイヤーやクラマーらは、効果を狙った創作だろう、というのである。

しかし、細部において潤色があり演出があり創作的要素を含んでいるとしても、ベルンハルトがギムナジウムを辞め、ポドラハの食料品店で働き始めたことは事実であり、急性肋膜炎を発症して気を失い、病院に運び込まれたのもまた事実である。厳密にテクストに描写された通りではなかったかもしれないが、自伝において語られた物語はむしろ象徴的意味で、真実を伝えていると考えるべきだろう。さらに言えば、「実証的」とされるユゲの伝記的研究もまた言葉で書かれたものである以上、事実を捉え切れていない部分があるのではないか。例えば、バイオリン教師シュタイナーや、音楽理論の教師ヴェルナーからベルンハルトが教えを受けたことをユゲは疑っているが、少なくともこの二人は実在の人物であるし、少年ベルンハルトがバイオリンの、その後歌唱の個人教授を受けていたことも確かなのだ。

もう一つ言及しておかなければならない問題は、『原因』から『ある子供』までの五作を他のベルンハルトの著作から区別してひと纏まりの著作と見ることの是非である。それは、これらのテクストを自伝と捉えるか小説として読むかという問題と密接に係わるが、それというのも、エヴァ・マルカルトも指摘する通り、ベルンハルトがこれ以前以後に書いたほとんどのテクストが、小説であれ劇作であれ、多くの自伝的要素を含んでおり、これらだけをことさら「自伝五部作」として区別する必要はない、という声があるからである[1]。

しかし、まずこの五作よりも前に書かれたフィクショナルなテクストと比べてみると、語り方において大きな変化を認めることができる。以前は語り手がほかの誰かを主人公にして物語を語る場合が多かったが、自伝五部作を境にしてベルンハルトの散文には自伝的口調、すなわち、一人称の「私」が自らの過去を振り返るという形式が多くなる。その語り手＝主人公は、『コンクリート』のルードルフや『消去』のフランツ・ヨーゼフ・ムーラウのように、作者とは違った名前や職業を持つ場合が多いが、『ヴィトゲンシュタインの甥』のように語り手「私」の名前が明示されない場合もある。

五部作よりもあとの散文と自伝五部作が区別される点としては、前にも述べたとおり、テクストそのものの信憑性についての語り手のコメントがあるかないかという点を挙げることができる。つまり、これら五つの自伝では、自分の過去を語ることと並行して、自らの過去を語るという行為自体が考察の対象となっているのだが、一人称の語り手によるその後の物語では、『はい』（原題 *Ja*／邦訳なし）にしても『ヴィトゲンシュタインの甥』にしても、また『木を伐る』（邦訳『樵る』）にしても、伝記的事実が取り込まれている点で「私小説」に近いとはいえ、テクスト自体の信憑性に関する作中で

（1）Eva Marquardt: *Ist es ein Roman? Ist es eine Autobiographie? „Erfinden" und „Erinnern" in den autobiographischen Büchern Thomas Bernhards*. In: Joachim Knape / Olaf Kramer (Hrsg.): *Rhetorik und Sprachkunst bei Thomas Bernhard*, a. a. O., S. 123-134, hier besonders S. 125.

の議論はない。

『破滅者』と『消去』も自伝風の回顧形式の物語であり、主人公が自分の家族や友人、自らの過去を回想しているのではあるが、実はこの二つは、作者自身の伝記的事実をほとんど含んでおらず、ほぼ完全な創作である。ベルンハルトはピアノを弾けなかったし、グレン・グールドと知り合ったこともない。常に裕福な市民的生活への憧れを抱いていたとはいえ、実際にはとことんまで切り詰めた極貧の家庭に育っており、『消去』に描かれたようなお城の中での貴族的な幼年時代は、作者の生い立ちとまったく重ならない。

以上の点から、ベルンハルトの自伝五部作をひと纏まりの自伝として、他のテクストから区別して捉えるのは、理にかなったことだと言える。むろん、この五冊だけがザルツブルクのレジデンツ社から出版されており、他の作品がすべてドイツのズーアカンプ社から出ているという事情も付け加えることはできよう。

最後に私見ながら、この自伝五部作が、ベルンハルトの作家としての発展の中でどのような役割を果たしていたのか、述べることにしたい。端的に言えば、ベルンハルトが最後に発表した最大の長編小説『消去』とこの自伝五部作は、ちょうど裏表の関係、両者は相補的関係にあるというのが私の考えである。『消去』は、作者が生きたのとはまったく別の家庭、別の幼少期、別の人生を、自分の環境、自分の幼少期、自分の人生であるかのようにして創作し、一人称の語り手を通じて回顧的に語らせた長編小説である。その意味で『消去』は、作中でそう呼ばれているように完全なる「反自伝

(Antiautobiographie)」なのであって、意図して作者の伝記的事実が排除されている。自伝五部作のあと、ベルンハルトが目指したのはまさにこれだったのではあるまいか。すなわち、自分が生きたのではない、もう一つの、まったく異なる自分の人生を創造すること、これはまさに文学的な営みである。自伝五部作を書いたあと、一人称形式で書かれた彼の多くの物語は、様々なヴァリエーションを示しながら――例えば自伝の続編と言えなくもない『ヴィトゲンシュタインの甥』、「私小説」あるいはモデル小説と見做すこともできる『はい』『コンクリート』『木を伐る』、そして、語り手が友人を回想しているという体裁を取りながら、そこに作者の伝記的事実をまったく含まない『破滅者』を経て――、現実に生きたものとは違うもう一つの自分の人生を創造するという彼の試みが、『消去』に向かって進んでいったのではなかろうか。そしてその起点をなしているのが、この自伝五部作ではないかと思うのである。

* * *

翻訳の底本としては左の初版を使い、適宜 Suhrkamp 社の全集版を参照した。Als Grundlage der Übersetzung diente die Erstausgabe:

Die Kälte. Eine Isolation. Salzburg: Residenz Verlag 1981.

なお、『寒さ』のみならず五部作全体に係わることであるが、訳文中に用いた傍点と引用符に関して述べておく。ドイツ語原文で用いられているのは標準体とイタリック体のみであり、引用符はない。原文でのイタリック体は、強調するために使われている場合と、引用のために使われている場合の二通りある。ベルンハルトを翻訳した他の書籍では原文イタリック体の部分を一律太字（ゴシック）体にして訳しているものがあるが、このやり方は採用しなかった。太字部分のみが浮き立ち、読者にほかの部分を読み飛ばすよう促してしまうからである。代わりに採用したのが傍点と引用符である。原文では、明らかに引用であるがゆえにイタリック体にしている箇所があり、翻訳者の役割としては、個々に判断して引用部分は引用のように訳すべきだと考え、傍点と引用符を使い分けた。イタリック体をすべて同じ扱いにするというのは、あまりに機械的だと思ったからである。

『息』の翻訳を刊行したあと、またしても長いときが過ぎてしまった。今回も様々な業務によって度々中断せざるをえなかった。まとまった時間に集中して翻訳に打ちこむことができず、当翻訳は、通勤電車でタブレットを片手に推敲を重ねた結果である。とはいえ、私が推敲に手間をかけ過ぎることがそもそもの原因なのだろうと思う。いつものごとく、休みにならないと仕事が進まなかったが、今回はその休みを他の仕事に使っていた気がする。

Ich bedanke mich herzlich bei allen, die mir bei der Übersetzung behilflich waren.

最後になりましたが、いつもながらなかなか進まない翻訳作業をお待ち頂き、適切なアドバイスを頂いた松籟社の木村浩之さんに、心から感謝致します。

二〇二四年八月
訳者

【訳者紹介】

今井　敦（いまい・あつし）

1965年、新潟県生まれ。中央大学大学院文学研究科単位取得満期退学。1996年からインスブルック大学留学、1999年、同大学にて博士号（Dr. phil.）。

現在、龍谷大学経済学部教授。

専攻は現代ドイツ文学、とくにマン兄弟、南チロルの文学、トーマス・ベルンハルトを専門とする。

著書に『三つのチロル』、訳書にハインリヒ・マン『ウンラート教授』、ヨーゼフ・ツォーデラー『手を洗うときの幸福・他一編』、フリードリヒ・ゲオルク・ユンガー『技術の完成』（監訳）、トーマス・ベルンハルト『ある子供』『原因』『地下』『息』がある。

寒さ　一つの隔離

2024年12月10日　初版発行　　定価はカバーに表示しています

著　者　トーマス・ベルンハルト
訳　者　今井　敦
発行者　相坂　一

発行所　松籟社（しょうらいしゃ）
〒612-0801　京都市伏見区深草正覚町1-34
電話　075-531-2878　振替　01040-3-13030
url　https://www.shoraisha.com/

印刷・製本　モリモト印刷株式会社
装丁　安藤紫野（こゆるぎデザイン）

Printed in Japan

 ISBN978-4-87984-456-9 C0097